まさか勇者が可愛すぎて倒せないっていうんですか？

真代屋秀晃

イラスト／タジマ粒子

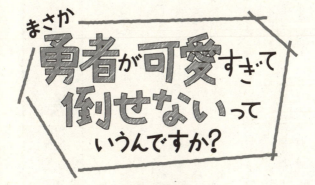

プロローグ「嵐渡乃愛の日記」

四月二十五日（水曜日）晴れ
久しぶりに日記をつけてみようと思います。

改めて読み返してみると、全然書いてないね、私。これ一年前に買った日記帳なのに、初日から三日分しか書いてないよ。本当の三日坊主《みっかぼうず》ってやつだ。

だってね、いざ書こうとしても、毎日が代わり映えしなさすぎて、書くことがなかったんだもん。最後の日記なんて「いつもと同じ」の一行だけだし。そりゃ続かないよね。

つまり今回日記を書こうと思ったのは、いつもと違う「すごいこと」があったからで。

今日の学校自体は、いつもと同じ。私は相変わらずのぼっちで、クラスの誰も話しかけてきませんでした。まあ別に気にしてないけどね。いいもんねー。

あ、でも、ちょっとだけいいこともあったかな。私、お昼の授業中に消しゴムを落としちゃったんだけど、なんとそれを隣の席の奈楽《ならく》くんが拾ってくれたんだ！　もちろん会話はカケラもなかったけど、嬉《うれ》しかったよ～。

奈楽くんは今年度から転校してきた男の子。童顔だけど、意志の強そうな瞳は『勇者』って感じ。実際、私が好きなゲームの勇者に似てるんだ。前々から、ちょっぴり気になっていたと正直に書いておきます。

だってだって！　私が落とした消しゴムを拾ってくれるような人だよ？　ほかにもシャーペンを拾ってくれたことだってあったし！　誰も私に近づこうとしないのに、勇者に似てる男の子から優しくされたら、そりゃ気になるでしょーが！　うーん、私ってチョロいかな？

それでね、学校からの帰り道、行きつけのコンビニに寄ったの。ゲーム雑誌を買おうとしたら、レジの奥（バックヤードっていうのかな？）から、鈴木《すずき》まゆりちゃんが出てきたんだ。

まゆりちゃんは同じ学校の一年生。学年が違う私でも知ってる。たぶん、うちの学校で知らない人はいないんじゃないかな。クラスの男子たちもよく「下級生に超かわいい子がいる」って言ってるし。とにかく元気な子で、誰とでも仲良くなれる明るい『魔法使い』って感じ。きっと友達も多いんだろうな。ゴミクズな私とは違いすぎるから、ちょっと苦手意識あるかも。

そんなまゆりちゃんは、やっぱり元気な口調で店員さんに、「明日からよろしくお願いします！」って言ってた。あのコンビニでバイトを始めるのかな。だとしたら、これからちょっと行きづらくなるかも……って思う私は卑屈だね。だってまゆりちゃん、眩《まぶ》しすぎるんだもん。

そんなこんなで、コンビニから出た私は……うーん、やっぱりここは、わざわざ書かなくてもいいかな。

あれだよ。コンビニを出たあと、家の事情で、すごく嫌なトラブルに巻き込まれたの。だから省略します。そこを書くために日記を開いたわけじゃないしね。

まあ実際のところ、私も気を失っていたみたいで、途中からよく覚えてないんだ。


ただ、気がついたときの私は――なんか燃え盛る港の倉庫にいて。

男の子にお姫様抱っこされてたの。彼は炎上する倉庫から、私を助け出してくれたみたい。


その男の子っていうのが、なんと奈楽くん。


どういう状況かわからないけど、ただでさえ勇者に似てる奈楽くんが、私を抱っこしてるんだよ？　青天のへキレキっていうのかな（漢字わかんない）。もう本当にびっくりしたよ～。

往年の伝説的ＲＰＧにもあるよね。ドラゴンに囚《とら》われていた姫を勇者が救い出して、お姫様抱っこで城に帰還する名シーン。あれ思い出しちゃった。

私はそのときの奈楽くんが、本物の勇者に見えたんだ。

だから、つい言っちゃったの。

私と付き合ってください、って。

はうううう！　恥ず恥ず恥ずはずはずはず！　書くだけでも恥ずかしいよ～。ホント私、なんでそんなこと言っちゃったんだろ。明日どんな顔して会えばいいかわかんないよ～。

でもね。

これはきっと。

私の代わり映えしない日常を、少しだけ狂わせる、

大冒険の始まり――なんて気がする、今日この頃なわけです。まる。

第一話 「ナラクの使命」

大切なのは、ターゲットを見極めること。そして相手の半歩先を読むこと。

いついかなるときでも、決して意識を逸《そ》らしてはならない。

集中、集中、集中――。

視線を前に固定したまま、足元のダンボール箱から手探りで『ブツ』をまとめて取り出す。

それらのうち、ひとつだけを素早くターゲットに突き出す。その間、わずか一秒。

「よろしかったら、どうぞー」

俺から『ポケットティッシュ』を差し出された学生は、無言のままそれを受け取って歩き去った。

ティッシュ配りのバイト。俺が放課後に着任している最重要任務だ。

この神原町《かみはらちょう》は田舎町だけど、夕方の駅前は人通りが格段に増える。都心に出ていた学生やサラリーマンたちが、次々と駅から吐き出されてくるからな。さらに大型のショッピングモールや飲み屋街もあるんで、駅に用事がない連中でも羽を伸ばすために群がってくる。俺の任地としては最適の場所なんだ。

　ポケットティッシュには進学塾の広告が入ってるんで、学生が標的だ。学生服を着ている奴を見かけたら、影のように近づき、抜刀するようにポケットティッシュを差し向ける。

　そんな俺の迫力を前にして、受け取りを拒否する学生は今のところ誰もいない。

「よろしかったら、どうぞー！　どうぞー！」

　大きな集団が過ぎ去ったところで、ひとりの女子高生が近づいてきた。物欲しそうに、こっちをちらちらと見てきやがる。

　もちろん俺は新しいポケットティッシュを手に取ると――そいつをやり過ごした。

「なんで私にはくれないんですか⁉」

　一旦通り過ぎた女子高生が、振り返って言った。

「ポケットティッシュがもったいないからな」

　俺はそいつを無視して、後続の学生たちにポケットティッシュを配っていく。

「ひどいですよ、ナラク様……そんなこと言われると、殺したくなるじゃないですか……」

「ティッシュ一個で物騒すぎんだろ」

　女子高生は手にしていたコンビニの袋をまさぐって、

「プリン買ってきたんですけど、いります？」

「いらん。任務中だ。あ、よろしかったら、どうぞー」

ポケットティッシュを配り続ける俺を尻目に、その女子高生は傍《そば》のガードレールに腰掛けてプリンを食い始めた。

「それにしても、あれですねー。死刻神将ナラク様ともあろう方が、人間相手にティッシュ配りだなんて、ほんっとウケますよねー」

「これも魔王様の期待に応えるためだ。てか、プリン食ってる暇があるなら、お前も手伝え」

「んー、パスで。がんばってください、ナラク様」

なんて口の利《き》き方《かた》だ。こんなのが俺の部下だなんて、自分の求心力の低さを呪うぜ……。


――死刻神将《しこくじんしょう》ナラク。またの名を《冥王》。

暗黒世界ゼルファリアにおいて、その名を知らない者はいない。

ゼルファリアは闇の眷属《けんぞく》である魔族によって繁栄した、魔族たちの世界だ。生まれながらに強大な力をもつ魔族たちは、ゼルファリアの覇権を賭けて、気の遠くなるほど昔からずっと魔族同士の戦争を繰り返してきた。

その最大勢力は、俺たちが「真の魔族の王」と信じて疑わない魔王様の魔王軍だ。

魔王軍を構成する六つの軍団は、それぞれ六神将と呼ばれる六人の大幹部が率いている。そして俺も六神将の一角。魔王軍の死刻魔団《しこくまだん》っていう軍を統括する、死刻神将《しこくじんしょう》ナラクってわけ。

LOSAN
楽台塾
RAKUDAI SCHOOL

俺は今の魔王軍こそ、太古の時代から続く戦乱に終止符を打ち、混迷する魔族社会に平和と秩序をもたらす最強の軍勢だって信じているけど……そう簡単な話じゃないんだよな。

憎き「勇者」がいるせいで。

どういうカラクリがあるのかは知らない。なぜかゼルファリアには数百年に一度、別の世界からひとりの人間がやってくる。人々から「勇者」と呼ばれるそいつは、俺たち魔族に災いをもたらす邪悪極まりない存在なんだ。

魔族が隆盛を誇るゼルファリアにも、少なからず人間がいる。だからって俺たち魔王軍は、別に人間をどうこうしようなんて考えは微塵《みじん》もない。ただ魔族同士の争いを平定して、秩序ある魔族社会を築きたいだけだ。そもそも脆弱《ぜいじゃく》な人間を支配下に置いたところでメリットはないし、人間は人間で、勝手にやってくれたらいいと思っている。わざわざアリの社会に干渉しようとする奴はいねーだろ。それと同じだ。

だけど異世界からやってくる勇者には、そんな理屈が通じないらしい。謎の使命に燃える勇者は、見境なしに魔族を全部平らにしていっちまうんだ。それも圧倒的な戦闘力でな。

実際、勇者はゼルファリアの長い歴史のなかで何度も現れ、そのたびに魔族社会が壊滅の危機に追いやられた。ゼルファリアをめちゃくちゃにかき回すだけかき回して、颯爽《さっそう》と元の世界に帰っていく邪悪の化身。それが勇者。魔王軍はその都度、イチから態勢を立て直して、改めて魔族社会の統一を目指す必要があった。

前回の勇者がゼルファリアで大暴れして帰ってから、百年と少し。ぺしゃんこにされた魔王軍も少しずつ復興し、例を見ない侵攻速度で、あっという間にゼルファリアの半分を支配下に入れ直した。今度こそ魔族社会の統一に王手をかけられる。そんな大事なときなのに。

つい先日、魔王様直属の予言者たちが、あまりにも嘆かわしい未来を予言した。

「た、大変です魔王様！　また次の勇者が、近々ゼルファリアにやってきます！」

またかよ。

誰もがそう思った。ショックのあまり、泡吹いて倒れる老魔族もいた。俺たちが丁寧かつ、慎重に並べてきたドミノに、ダイブかます奴がまた来るって言われたようなもんだからな。

だけど、俺たち魔王軍もバカじゃない。この予言には愕然《がくぜん》としたけど、ちゃんと対応策だって用意していたんだ。

勇者は毎回、別の世界からゼルファリアにやってくる。だったら先手を打って、こっちから敵の世界に乗り込んで、先に潰しておけばいい――ってな。

魔王軍が心血を注いだ研究のおかげで、勇者は生まれながらに強大の力をもっているわけじゃないこともわかっている。なにかのきっかけで勇者の力に覚醒したあと、晴れてゼルファリアに参上するんだと。つまりゼルファリアに来る前段階の勇者は、まだこれといった力に覚醒していない、ただの無力な人間と変わらないんだそうだ。

だから今なら、簡単に暗殺できる。

というわけで、魔王様から「次期勇者の抹殺」という勅令を受けた死刻神将《しこくじんしょう》の俺は、二人の部下を連れて、勇者が住んでいる異世界に飛んだ。

次期勇者の暗殺ミッションは魔王軍……いや、ゼルファリアに住む全魔族にとって、最大の悲願。今回の任務にはそれだけの重責と、大きな期待が寄せられてるってわけだ。

「ほんと、次期勇者って、どこにいるんですかねー？」

ガードレールでプリンを食べ続ける女子高生――ゼルファリアから連れてきた部下のひとり、マユリタが間延びした声で言う。

「予言でわかっているのは二点。次期勇者の年齢は十六歳前後。異世界の日本っていう国の、神原町《かみはらちょう》って町からやってくる。だからこの町のどこかにいるはずなんだ」

残念ながら、次期勇者の住所や名前、容姿などの詳細はわかっていない。その捜索を含めて始末することが、魔王様から与えられた任務になる。

「わざわざ探さなくても、もう町ごと焼き払えばいいんじゃないですかー？」

平然と口にするマユリタ。それは俺たち魔王軍にとって非常にたやすいことだが、却下だ。

「バカなことを言うな。無関係な人間を巻き添えにすると、死刻神将《しこくじんしょう》の名が汚れる」

十六歳前後の年齢といえば、こっちの世界で言う「高校生」にあたる。そして田舎の神原《かみはら》町《ちょう》にある高校は、神原《かみはら》高校ひとつだけ。もちろん町の外の高校に通っている可能性もあるけど、とりあえず俺とマユリタは、神原《かみはら》高校の生徒として潜入していた。

神原《かみはら》高校二年C組、奈楽将吾《ならくしょうご》。

それが魔王軍六神将のひとり、死刻神将《しこくじんしょう》ナラク・ルシール・ローゼンバイヤーの、こっちの世界での顔だ。俺は人間でいうところ、十六歳に相当するんでちょうどよかった。

俺より年下のマユリタは、神原《かみはら》高校の一年生、「鈴木《すずき》まゆり」として潜伏中だ。

年下っていっても、人間の年齢に換算すると、ほぼ同い年といっても差し支えない。ただ俺と同じ学年だと勇者探しの効率が悪いんで、ひとつ下の一年生になってもらった。それを伝えたときのマユリタは、「えー、ガキっぽいナラク様より下なんですかー？」と不満げだったが。

自軍の将に対して、なんつー口の利《き》き方《かた》だ。

マユリタは俺をガキっぽいって言うけど、こいつのほうが俺より頭ひとつ分ほど背が低い。淡い茶色の髪をツインテールにしているところも、子供っぽく見える要因だ。そのくせ、化粧でもしてるんじゃないかって思うほど綺麗《きれい》なまつ毛と、ぱっちり二重まぶた、意外とふっくらしている胸も相まって、妙な色気を兼ね備えている。

それが大変好評らしく、俺のクラスの男子生徒たちは、みんな口を揃《そろ》えて「超かわいい」と言っていた。外面もいいから女子の友達も多いらしい。

「あーあ、ナラク様も遊んでくれないし、もう帰ろっかなー」

見てのとおり、俺に対する忠誠心はほとんどないけどな。

「なにが遊んでくれないだ⁉　俺は次期勇者を探すために……！」

「もう、いちいち怒らないでくださいよー。はい、あーん」

スプーンに乗せたプリンを俺に差し出してくる。

もちろん俺は――――その施しを受けた。

……まあいい。俺は寛大な心をもつ魔王軍の大幹部だ。部下の言動に、いちいち目くじらを立てるのはよそう。それにしても、プリンうめーな。

「あ、ナラク様、学生が来ましたよ」

俺の傍《そば》を学生が横切った。すかさずポケットティッシュを渡す。

「よかったら、どうぞー！」

このティッシュ配りのバイトも、勇者の捜索に必要な行為だったりする。

勇者っていうのは魔族を討ち滅ぼす存在。魔族の体に流れる血がそうさせるのか、軽く触れただけで、極端な拒絶反応が出ると言われている。歴代勇者たちは、いかに魔族が人間のフリをして近づいても、その身に触れた瞬間に正体を見破ったらしい。

次期勇者はまだ勇者の力に覚醒していないはずだけど、今でもなんらかの反応を見せるかもしれない。というわけで俺は、神原町《かみはらちょう》の内外から人が集まる駅前で、十六歳前後の学生を相手にティッシュ配りをしている。さりげなく手に触れて、反応を見るためだ。

いまのところ、これといった成果はないけどな。ポケットティッシュを受け取った学生たちは、嫌がったりするどころか、ほぼ無関心で通り過ぎていく。

こんなことで次期勇者は見つかるんだろうか……じつはかなり不安だった。

ふと、マユリタがのんびりと言った。

「あ、そうそう。私、コンビニのバイト受かりましたよ。駅前なんで、学生のお客さんも多いんじゃないかと」

「おお、そうなのか。だったら勇者の捜索も少しは前進するかもな」

コンビニのバイトなら、レジでお金のやりとりをするとき客に触れることができるからな。

「ちなみに、どうでもいいことなんですけど」

マユリタはのんびりとした口調のまま続ける。

「バイトの面接が終わったあと、近くの歩道で神原《かみはら》高校の制服を着た女の子が、怪しい男たちに絡《から》まれてるのを見ましたよ」

「……怪しい男たち？」

ティッシュ配りの手を止めた。大きく伸びをしたマユリタは、あくびを噛《か》み殺《ころ》しながら、

「はい。その女の子、怪しい男たちの車に乗せられて、連れて行かれちゃいました。よくわかりませんけど、やっぱりどの世界にも悪い奴らっているんですねー」

それはもう、ワイドショーの感想でも言うかのように平然と。

俺たち魔族にとって、人間は路傍の石。暗殺対象の勇者以外、どうでもいい存在だ。だからマユリタはこれといった関心をもってないし、魔族ならそれが普通なんだ。

だけど――死刻神将《しこくじんしょう》の俺は違う。

「……領主としては、放っておけんな」

「え？　領主って、なんのことです？」

「もちろん俺のことに決まってんだろ」

魔王軍の大幹部らしい威厳を出すため、大げさに胸を張って続けた。

「普段なら人間社会に干渉しない我々だが、この神原町《かみはらちょう》にはもう、俺という名の将軍が来てしまっている。つまりこの町は、我らが死刻魔団《しこくまだん》の暫定的な領地であり、そこに住まう者はみんな、俺の庇護《ひご》下にある領民たちだ。領民に危害を加える輩《やから》は、領主である俺が許さん」

マユリタはきょとんとした。

「………あのー、ようするに、なにが言いたいんですか？」

「だから神原《かみはら》高校の生徒が妙な輩《やから》に拉致されたなら、助けに行くって言ってんだよ。その女が

連れ去られた場所の見当はつくか？」

「えっと……方角からして、港だと思いますけど。てか、なんですか、急に。なかなか勇者が見つからないストレスで、ただ大暴れしたいだけにも聞こえるんですが」

それもちょっとはあるけど。

「違う！　脆弱《ぜいじゃく》な人間を助けるのも、魔王軍六神将の務めだって言ってるんだよ！」

基本的にはこれが本心だ。

「んー」マユリタは少し考え込んだあと、「ま、理由なんてどうでもいっか。暴れていいなら、賛成しますよ」

悪い顔で笑う女だ。俺は頷《うなず》いてみせると、領主っぽく宣言した。

「よし、行くぞマユリタ！　領民に手出しする輩《やから》に、我々死刻魔団《しこくまだん》の力を見せてやろうぞ！」

◇　◇　◇

ナラクがティッシュ配りを切り上げてから、およそ三十分後。

神原町《かみはらちょう》の港湾地区にある空き倉庫の前には、夜闇に溶け込むような黒塗りのセダンが、数台停車していた。そして倉庫の中には、数人の人影。セダンの色と同じ、黒で統一されたスーツ姿の男たちだ。

その中心には、簡素な椅子に座らされ、後ろ手に縛られている女子高生がいた。長い黒髪に赤いリボン、下がった目尻からは気弱な印象を受けるが、街を歩けば人目を引く美少女なのは間違いない。

周りから池本《いけもと》と呼ばれていた中年の黒スーツが、彼女に近づく。

「悪いな、お嬢ちゃん。大人の話し合いに付き合わせちまってよ」

「……はあ」

縛られている女子高生の返事は、気の抜けたため息だった。池本はその肩をぽんと叩《たた》く。

「まあ、あんたになにかしようってわけじゃないから、勘弁してくれ。もうじきあんたの親父《おやじ》さんが来るから、それまでの辛抱だよ」

「……そうですか」

その女子高生、神原《かみはら》高校二年生の嵐渡《あらしど》乃愛《のあ》は小さく言った。

コンビニを出たところで拉致され、港の倉庫に連れ込まれ、椅子に拘束されて、強面《こわもて》の黒スーツたちに取り囲まれているという、最悪極まりない状況。それなのに、あまり怯《おび》えているようには見えない。表情に張り付いているのは、恐怖よりも諦観。突然の雨に見舞われた不運を嘆き、それも仕方がないと受け入れたときのような、どこか悟った顔だった。

池本が呆《あき》れたように笑う。

「しかしあれだな。いきなり拉致されたっていうのに、泣き叫ぶこともしないなんて、ずいぶんと肝の据わったお嬢ちゃんだ。この状況、怖くねーのかい？」

嵐渡乃愛はおずおずと言った。

「こ、怖いに決まってるじゃないですか。でも、私の家があれですし……こういう日がくるかもってことは、まあ、予想の範囲内だったわけで……はい」

「はは、そりゃ結構なことだ。考えてみりゃ、お嬢ちゃんは俺らみたいな人種だって、見慣れてるわけだしな」

池本の皮肉を、乃愛は無言という形で肯定した。

こんなとき、勇者が助けに来てくれたらいいのにな。

あまりにも現実とかけ離れた願望を抱いた自分に、少し笑ってしまう。

まさにそのときだった。

吹き抜けになっている倉庫の二階部分。そこの明かり窓が、派手な音を立てて砕け散った。

外から窓を蹴破って侵入に成功した謎の影は、そのまま一階部分に着地する。

「襲撃か⁉」

池本の声で、周りの黒スーツたちが一斉に懐《ふところ》から拳銃を取り出す。

しかしその影の正体を視認すると、全員が目を丸くするのだった。

襲撃がある可能性は考慮されていた。だから警戒を怠らなかったし、素早く拳銃を向けることもできた。しかし、これはさすがに想定外だったに違いない。

乃愛と同じ神原高校の制服を着た女子高生が、たったひとりで殴り込みにきたのだから。

「……お前、誰だ？　俺たちが佐和田組《さわだぐみ》の人間だと知ってて――」

「えーと」その女子高生――マユリタは、思案を巡らせたあと、「とりあえず暴れまーす」


マユリタ――放火件数五百件を超える、ゼルファリアの重犯罪者。

魔族の貧民街で生まれ育った彼女は、生まれながらにもっていた炎の能力を駆使して、食料の強奪を繰り返していた。一般家庭はもちろん、危険な地下組織や、魔王軍管轄の砦《とりで》にいたるまで。あらゆる魔族たちの「巣」が、マユリタにとって「食料庫」だった。

もちろん魔王軍の治安維持部隊は、何度もその身柄の確保に向かったが、その都度マユリタはすべてを撃退してしまう。

決して捕まらず、ゼルファリア中に火をつけて飛び回る女魔族。いつしか彼女は《自由な炎《フロスレア》》と呼ばれ、恐れられるようになっていた。

比類なき戦闘力で悪行を重ねてきたマユリタだったが、その唯一の失敗は、ナラクが治める死刻魔団《しこくまだん》の領内に入ってしまったこと。そこで死刻神将《しこくじんしょう》ナラクが自ら出陣し、マユリタは激闘の末にとうとう拘束されてしまった。ここで《自由な炎》は、自由を失ったのである。

ナラクも同席した取り調べの席で、審問官の魔族はマユリタに問いかけた。それだけの力をもっているなら、どこにでも働き口はあったはず。犯罪者になってまで、食料を強奪する必要はあったのかと。マユリタは平然と答えた。

「食料なんて、ついでですよ。私はただ、この炎でなんでも燃やしたかっただけなんで」

それを聞いたナラクは、確定していたマユリタの処刑を撤回させ、自分の部下になることを条件に釈放した。どこかネジの取れた彼女がいれば、自軍の強化につながると考えて。

こうして《自由な炎《ホロスフレア》》マユリタは、死刻魔団《しこくまだん》の所属となった。

彼女にとって死刻神将《しこくじんしょう》ナラクは、命を救ってくれた恩人である以上に、自らの自由を束縛する堅牢《けんろう》な檻《おり》。隙があれば、ナラクを殺してでも自由の身を取り戻したいと考えている——。

「きゃはははは っ! やっぱ好き勝手できるって、楽しいなー」

一時的な自由を得たマユリタは、倉庫のいたるところに、両手からほとばしる炎の奔流を浴びせていた。保管されていた海運業者の資材が次々と炎上する。紅蓮《ぐれん》の炎《ほのお》は壁や天井にも燃え移り、薄暗かった倉庫内を夕陽《ゆうひ》以上に紅《あか》いカーテンで包み込む。

「ひっ、なんなんだ、こいつはぁッ!?」

池本たちは慌てふためく。一応ナラクの命令通り、マユリタは連中に炎を向けていない。そもそも力のない人間を焼殺したところで、つまらないのだ。そんなことより、異世界からやってきた自分にとって、珍しいこの建物を炎で壊滅させたほうが何倍も楽しい。

だから池本たちなど気にもとめず、ただ倉庫の四方に向かって、炎を放射し続ける。

「きゃはははははははははははははははははははははははははははははは！」

その行動と高笑いが、たまらなく不気味に映って——池本を始め、黒スーツたちは一人残らず、倉庫から逃げ出していった。

「————ありゃ？　いなくなっちゃった」

マユリタは炎の放射を止める。炎上する倉庫内にいるのは、自分ともうひとり。椅子に拘束されている女子高生、嵐渡乃愛しかいない。

ナラクの命令は、黒スーツたちに連行された彼女を救出すること。「倉庫の炎上《あそび》」に夢中で忘れていたが、邪魔者も消えたので結果オーライといったところだ。

火の粉が舞う紅《あか》い倉庫のなか、マユリタは乃愛に近づいた。

「ちーっす。いま拘束を解いてあげますからねー」

「あ、あわわわわ……」

黒スーツたちにはあまり怯《おび》えなかった乃愛でも、今度ばかりはさすがに違った。謎の業火《ごうか》で倉庫を焼き尽くそうとした女子高生が、自分に近づいてくる。未知の存在に対する恐怖感。圧倒的暴力に対する嫌悪感《けんおかん》。それらの感情が、助けてもらったという気持ちに蓋をして、さらなる怯《おび》えを生む。

「んー、このロープ硬いなあ。ちょっと待ってくださいね」

マユリタが、乃愛の肩に触れたとき——。

「い……い、い、いやああああああああああああッ！」

大声で叫ぶ乃愛の周囲に、黄金に輝く光の粒子が出現し——。

そのひとつひとつが、「剣」の形に変化した。

宙に浮かぶ剣の群れは、一斉に飛翔《ひしょう》して、次々とマユリタの身に突き刺さる。それらは質量をもたない魔力の塊、光子剣。無数の光子剣に貫かれた形のマユリタは、爆発を伴いながら、後方に大きく吹き飛んだ。

「え、こ、この力、って——………!?」

答えにたどり着いたのは、落下と同時。その瞬間、マユリタの意識は闇に飲まれた。

◇　◇　◇

「なんだありゃ……？」

マユリタに先行を許してから、遅れること数分ってところか。やっと港までたどり着いた俺が、そこで見たものは。

大きな火柱が立ち上る倉庫……マユリタの野郎、やりやがったな。

俺と違って、マユリタは飛行能力をもっている。だから「お先です、ナラク様」と言って、ひと足早く、例の女子高生とやらが連行されたらしい港に向かった。

じつを言うと、その時点で嫌な予感はしていたんだよな。もともとあいつは、自分の暴力的衝動を抑えられない重犯罪者だし。やりすぎるんじゃないかって不安はあったけど……。

「まさかここまでやるとは……死人が出てなければいいけど」

勢いそのままに、燃え盛る倉庫の中へ駆け込む。

業火《ごうか》に揺られて細かい火の粉が舞い散るなか、真っ先に視界に飛び込んできたのは、拘束された椅子ごとひっくり返っている女子高生だった。

こいつは確か、俺と同じクラスの嵐渡乃愛だ。落ちた消しゴムを拾ってやっただけで喜ぶ変な奴。拉致されたのはこいつだったのか。動かないところを見ると、気を失っているらしい。

あれ？　向こうに転がってるのは、もしかしてマユリタか？　なにやってんだあいつ。寝てんのかな。まさかマユリタに限って、人間にやられた、なんてことはないだろうし……。

「んん……」

嵐渡乃愛がうめき声をあげながら、目を開けた。

「お、気づいたか。安心しろ。いま外に連れ出してやるからな」

「え？　ええと……な、なんで、奈楽、くんが、ここに……？」

とりあえず拘束を解いて、抱き上げてやる。お姫様抱っこってやつだ。

「は……はわあああああああああああああああああああああああ!?」

嵐渡乃愛は耳をつんざく大声をあげて、俺の腕の中で暴れまわる。

「落ち着け。暴れると危ないだろ」

抱いている両腕にぎゅっと力を込めると、

「はふううううう〜」

風呂《ふろ》のときみたいな息を吐いて、おとなしくなった。てか、本当に風呂《ふろ》で血行がよくなったんじゃねーの、って思うくらい顔が赤い。

「あ、あの、な、奈楽くん……こ、これ、どういう状況？」

「あー、えっと、たまたま通りかかったんでな」

自分でもツッコミを入れたくなる言い訳だと思う。たまたま港に来たら燃えている倉庫があって、たまたまその中に入ったら、拘束されているクラスメイトがいたんで助け出した。そんな都合のいい話があってたまるかっての。

「ほんとに勇者が助けに来てくれた……私の勇者が……」

「あ？」

なんか今、むかつく単語を耳にしたような。

それはそうと、嵐渡乃愛は頰の赤みがどんどん増している。異常な赤さだぞ。倉庫の火事で火傷《やけど》でもしたんだろうか。それとも熱があるのか？

倉庫の外まで連れ出した俺は、お姫様抱っこをしたまま、自分の額をこいつのそれに当ててみた。

「はわあああああああああああああああ⁉　はわっ、はわっ、はわあああああああ⁉」

額をくっつけてるときに大声を出されると、こっちの鼓膜が破れそうになるんだけど。そして嵐渡乃愛の顔は、やっぱりめちゃくちゃ熱かった。

「お前、熱があるな。大丈夫かよ？」

「はっ、はっ、はっ……むり。むりむり、むりーっ！」

心臓あたりを押さえて、苦しそうに呼吸を繰り返す嵐渡乃愛。本当に体調が悪そうだ。とりあえずゆっくりと地面に下ろしてやる。

「ひとまず、その辺にでも座って――」

嵐渡乃愛は座ることもせず、立ったまま、両目をぎゅっと閉じて、絶叫した。

「私と付き合ってください！」

…………なんだ急に？

俺はただ、首をひねるしかない。てか、「付き合って」ってどこに？

ちょうどそこで、遠くからけたたましいサイレンが聞こえてきた。そしてやってくる数台の

車両。あれは確か、この世界の治安維持部隊が使ってる『ぱとかー』だ。図鑑でしか見たことがない『ショーボーシャ』もいるぞ。やっぱ実物は超かっこいいな。死刻魔団《しこくまだん》にも欲しいくらいだぜ。

どうやら、どこかの誰かが倉庫の炎上を見て通報したらしい。面倒に巻き込まれるのはごめんだし、嵐渡乃愛も大丈夫そうなんで、俺は退散することにした。

じゃあな、と踵《きびす》を返《かえ》したところで、嵐渡乃愛から遠慮がちに呼び止められた。

「あ、あの、奈楽くん……そ、その……あの」

「ん？　ああ、付き合ってくれって話だったな。まあ別に構わないけど」

俺は次期勇者探しで忙しいから、ちょっとだけならな。

「えええええ⁉　ほほ、ほ、ほんとに⁉　ほんとのほんとに⁉」

「ああ」

「は、はわああああ～。夢みたい……」

嵐渡乃愛は恍惚《こうこつ》とした顔で、にへらーと笑った。なにがそんなに嬉《うれ》しいんだ……って、のんびりしてる場合じゃないな。

「じゃ、今度こそ行くから」

「う、うん！　奈楽くん、また明日、学校でね！」

元気に手を掲げる嵐渡乃愛に、俺も手を振り返して、素早く駆け出した。

――――が、途中で、適当な倉庫の屋根に登って、燃え盛る倉庫の消火作業を見届けることにした。

だって『ショーボーシャ』が実際に火を消してるところを見たいだろうが。ゼルファリアには存在しないあのメカ、マジでめちゃくちゃかっけえよ。デザインもセンスいいしさ。

「……ナラク様、私を置いていきましたね」

さっきまで炎上する倉庫で眠っていたマユリタが、急に空から飛んできた。俺の隣にひらりと着地する。制服にも火が燃え移ったのか、ところどころ破れてススだらけだった。

「お、そっちもうまく逃げ出したみたいだな」

「はい。サイレンの音で目が覚めたんで、天井付近の窓から。それよりもナラク様」

「ほら、お前も見ろよ。『ショーボーシャ』の消火作業が始まるぜ。あのホースから出る放水って、どのくらい威力あるんだろうな。さあ貴様の力を見せてみろ、『ショーボーシャ』よ！」

「いいから聞いてください！　さっきの女は……！」

「ああ、嵐渡乃愛な。あいつ、俺のクラスメイトなんだよ。なんか付き合ってって言われたんだけど、何に付き合わされるんだろ」

「――――は？」

なんだマユリタの奴。両目を見開いて、口をぽかんと開けやがって。面白い顔すんじゃねーよ。笑っちまうだろ。

「ちょっと待って……待ってください。え？　あの女に、なにを、言われたって？」

「だから、付き合ってって」

「……まさか、オッケーしてませんよね？」

「え、したよ？　時間があるときに軽く付き合う程度なら、別に構わねーだろ」

拳をわなわなと震わせているマユリタは、たっぷりと溜《た》めを作ってから、

「ナラク様……あんた、勇者と付き合うことになったんですか……？」

「なんだよ急に。いま勇者の話なんかしてねーだろ。てか、なにを怒って――」

「だから！　その嵐渡乃愛が！　次期勇者だったんですよッッッ！」

夜の闇を切り裂いた、マユリタの衝撃的な咆哮《ほうこう》。

これが「真の戦い」の始まりを告げるプレリュードだったなんて、このときの俺は、微塵《みじん》も思っていなかった。

第二話「魂を抜くおっぱいタッチ」

「なあ、お前さっきから、なにを読んでんだ？」

神原高校の屋上でダベっていた男子生徒の二人組が、俺に話しかけてきた。俺は読んでいた書物の表紙を見せてやる。

「え、お前、高校生なのに、そんな本読めんのかよ？」

「ふん、当然だろ。この程度が読めなくてどうする」

最高のドヤ顔を披露してやった。こう見えても俺は勤勉家なんだぞ。


学校の昼休みは、神原《かみはら》高校の屋上で、この世界の書物を読むのが俺の日課だ。読書は文字の習得に最適だからな。

俺たちがこっちの世界の人間どもと意思疎通できているのは、「概念対話」という術のおかげだったりする。相手の音声言語から伝えたい概念を抽出し、こっちの概念も相手に理解できる音声言語に変換して返すというもの。ようするに自動翻訳術だな。

ゼルファリアには、ひと括《くく》りに魔族といっても様々な語族がいる。魔力による言語の翻訳術が編み出されたのは、魔族社会の統一を目指す各魔族たちにとって当然の帰結ってわけだ。

ただし、その術はあくまで会話を前提とした音声言語のみ通じるもので、書記言語、つまり文字は当てはまらない。だからそこは勉強するしかないんだ。

というわけで、俺はこの世界の文字を習得するために、書物を読む。そもそも俺は、読書が好きなんだ。こんなに分厚い本でも、普通に楽しめてしまうんだぜ。


二人組の男子生徒は、読書を続ける俺に、なぜか嘲笑を向けた。

「まさか高校生にもなって、『月刊ゴロゴロ』で喜んでる奴がいるとはね。だっせー」

なんだ、こいつら。ひょっとして『ゴロゴロ』ナメてんのか？　この面白さをわからないなんて、人間って本当に悲しい生き物だな。

ちょうどそこで屋上のドアが開いて、ジャージ姿の屈強な男がやってきた。

「なにをやってる、お前ら！　屋上は立ち入り禁止だぞ！」

「やべ、伊具《いぐ》先生だ……！」

俺に絡《から》んでいた二人の男子生徒は、その伊具先生を見るなり、足早に退散した。

もちろん俺は――――動かない。柵に背を預けたまま、『月刊ゴロゴロ』を読み続ける。

ジャージの伊具先生が、ひとり残った俺に向かって、のしのしと近づいてきた。

　そして俺の眼前で、恭《うやうや》しく頭《こうべ》を垂れる。

「ナラク様。ご命令に従い、牛乳を買ってまいりました」

「ご苦労」

　パックの牛乳を受け取った俺は、さっそくストローを差してひと口飲んだ。

　俺が在籍する二年C組の担任、伊具礼士雄《れしお》。まるで生徒の俺が担任教師をパシリに使っているような光景だけど、実際はそういう間柄じゃない。こいつはマユリタと一緒にゼルファリアから連れてきた俺の部下なんだ。

　本名はイグレシオ。偽名がまったく同じ響きなのは、本人のこだわりらしい。

「わざわざ買いに行かせて悪かったな」

「なにをおっしゃいます。このイグレシオ、ナラク様のご用命とあれば、たとえ掃除中だろうと立ち読み中だろうと、必ず馳《は》せ参《さん》じる覚悟でございますぞ」

「仰々しく言ってるわりには、たとえがしょっぱいな」

「はっ、お気に障《さわ》られたのでしたら、訂正いたします」

　イグレシオはその場に片膝をついて、服従の意を示した。顔面凶器と言える凶悪なツラ構えと、鍛え抜かれたマッチョな体からは想像しにくいけど、じつは俺の親父《おやじ》の代から死刻魔団の参謀を務めてきた知将だったりする。

　どうやったのか知らないけど、俺たちがこの世界で暮らすために必要な住民票や戸籍謄本、マイナンバーってやつを用意したのもイグレシオだし、先に神原《かみはら》高校の教師として潜入し、俺とマユリタの編入手続きを整えてくれたのもこいつだ。

教師に扮《ふん》するイグレシオの担当科目は、なんと世界史。超記憶能力をもっているイグレシオは、わずか三日ほどの勉強で、こっちの世界の歴史を完璧に頭に叩《たた》き込《こ》んでしまった。こいつのおかげで、右も左も分からなかったこの世界でも、なんとかやっていけている。部下のなかでは、最高に使える男だ。

「ナラク様、もう昼食はお召し上がりになられましたか？」

「ああ、今朝お前が持たせてくれた、オムライスを食った。うまかったぞ」

「お褒めに与《あずか》り光栄です。おや、口元にケチャップが。失礼します」

素早くハンカチを取り出して、俺の口元を拭うイグレシオ。忠誠心が高いのは結構だけど、俺をガキ扱いしてくるところが少々難点だな。

イグレシオと他愛のない雑談をしていると、もうひとりの部下がやってきた。

「あ、ナラク様……と、イグレシオ様か。やっぱりここにいたんですね。ちーっす」

マユリタだ。イグレシオが厳しい目を向ける。

「……何度も言っているだろう、マユリタ。我らの主であるナラク様に対して、軽々しい挨拶はよせ。臣下としての自覚がなさすぎるぞ」

「んー、まあ私は、ナラク様がどうしてもっていうから死刻魔団《しこくまだん》に入っただけですし。あんまり部下扱いされても、困るっていうか」

「……ナラク様への不敬が過ぎると、私がお前を、殺すぞ」

「へー、イグレシオ様は、私より強いって言うんですか。ふーん……」

両者の間に、火花が散った。張り詰めた空気に引火して、いまにも爆発を引き起こしそうな感じ。真面目なイグレシオと自由気ままなマユリタは、あまり折り合いがよくないんだ。

「やめろ二人とも。仲間内での私闘は、禁じてるだろ」

俺が言うと、イグレシオは恭《うやうや》しく片膝をついた。一方のマユリタは「はーい」と気楽なものだ。また二人の空気が悪くなりそうなんで、話を変えたほうがいいな。

「ところでマユリタ。なんか俺に用事でもあるのか？」

「あ、そうなんですよ。嵐渡乃愛《あらしどのあ》って今日はどうしてるんですか？」

俺の代わりに、担任教師のイグレシオが答えた。

「彼女は本日欠席の連絡があった」

まあ、昨日は怪しい男たちに拉致されたうえ、倉庫の火事にも巻き込まれちまったわけだしな。よくわからんけど、警察に行ったり病院に行ったりと、いろいろ忙しいんだろ。

マユリタは大きくため息をついた。

「なーんだ。じゃあ、例のテストも明日ですね」

あの倉庫での一件のあと、俺はイグレシオにも声をかけて緊急会議を開いた。そこでマユリタはこう言ったんだ。

嵐渡乃愛にさわった途端、不思議な力で反撃を受けた。だから彼女こそ、自分たちの暗殺対象である次期勇者だ――ってな。

俺はその現場を見ていない。それでマユリタは俺の目の前でもう一度、嵐渡乃愛にさわって証拠を見せるって息巻いているわけだけど……うーん。

「確かに勇者は、魔族にさわられると拒絶反応が出るって聞いてるよ。だけど、不思議な力で吹っ飛ばされたっていうのは、どうもなあ……」

「だって本当ですもん。よく見えなかったんですけど、なんか光の塊がたくさん飛んできたんです。それで私の体が、どかーんって。あれは絶対、魔族に対する拒絶反応ですって」

「でも現段階の勇者って、まだこれといった力に覚醒してないはずだろ。だから拒絶反応っていっても、反射的に手を払いのけるとか、あからさまに嫌がる程度だと思うんだけど……」

「……なんかナラク様、昨日の会議からずっと歯切れが悪いですよね」

そりゃそうだろ。

だって俺がさわっても、なにも起きなかったんだから。

たとえば、嵐渡乃愛を炎上する倉庫から連れ出すときにした、お姫様抱っこ。あいつは多少慌てていたけど、別に嫌がってるようには見えなかったし、マユリタを吹き飛ばしたっていう不思議な力も発動しなかった。

　それに俺は嵐渡乃愛と席が隣同士で、あいつが落とした消しゴムやシャーペンを拾ってやったこともある。そのときだって、お互いの手が少し触れたはずだけど、これといった反応はなかった。だから最初からノーマークだったんだよ。

　そもそも魔族社会を滅ぼそうとする勇者って、もっと屈強な男のイメージがある。嵐渡乃愛は、ひ弱な感じの女だし、うじうじしてるし、じつに勇者っぽくない。

「……本当にあいつが、次期勇者なのかな」

「だから、私がまた体を張って、証拠を見せるって言ってるじゃないですか。あれって、すごく痛いんですからね！」

「もちろんそれは見せてもらいたいけどさ。なんでお前がさわったときは不思議な力で反撃されるのに、俺がさわってもなにも起きないんだろうか……そこがひっかかるんだよな」

「もー。そんなこと、どうでもいいじゃないですかー。さっさと嵐渡乃愛を殺して、ゼルファリアに帰りましょうよー」

　マユリタが愚図り始めた。けだるく体をくねくねさせている様子は、まるで駄々っ子だ。

　黙って思案にふけっていたイグレシオが、口を挟む。

「落ち着けマユリタ。ナラク様は慎重な御方なのだ。会議の結論を反故《ほご》にする気か」

不可解な要素がある以上、もう少し様子を見るべき。それが昨日の会議の結論だった。

次期勇者の疑いがある人物が見つかった以上、焦《あせ》る必要はない。調査を重ねた末、納得がいけば暗殺という形にもっていく。確かに嵐渡乃愛は最有力候補だけど、もし勇者じゃないのに殺してしまった場合は、誇り高き死刻神将《しこくじんしょう》の名が地の底まで落ちてしまうからな。

マユリタが柔らかそうなほっぺたを膨らませた。

「ひょっとしてナラク様、嵐渡乃愛に付き合ってって言われたから、情が湧いたんじゃないですかー？」

「そんなわけないだろ」

あのあと、マユリタから「付き合って」の意味は交際の打診だって聞いた。へえ、と答えたものの、正直俺は交際ってやつの意味もよくわかってない。友達みたいなもんだろうか。もちろん嵐渡乃愛が次期勇者だって確信したら、友達になるどころか瞬殺だけどな。

イグレシオがぴくりと眉を動かした。

「それは初耳でございますな……矮小《わいしょう》な人間ごときが、魔族の名門ローゼンバイヤー家の現当主にして魔王軍六神将のひとり、死刻神将《しこくじんしょう》ナラク・ルシール・ローゼンバイヤー様に、愚劣にも交際を申し込んだと？　なんという浅慮……やはり嵐渡乃愛の即時処刑を提案します」

「だからまだ殺さないっての」

「とにかく嵐渡乃愛は、絶対に次期勇者なんです！　ナラク様が動かないなら、私がこの手でいますぐ殺してきますからね！　私はさっさとゼルファァリアに帰りたいんです！」

本当に駆け出そうとしたマユリタの腕を、イグレシオが掴《つか》んだ。

「待て。もしや貴様、今回の任務について、よくわかっていないのではあるまいな？」

「え、どういうことですか？」

俺はため息をついた。

「あのな、俺が魔王様から受けた勅令を正確に言うと、『次期勇者の魂を抜いてこい』ってことなんだよ」

勇者はたとえ死んでも、その魂がある限り何度でも転生する。つまり次世代の勇者に生まれ変わって、またゼルファァリアに攻めてくるってことだ。もう二千年以上も、この繰り返し。

それを防ぐためには、勇者の魂を抜き出して、二度と転生できないよう封印するしかない。

この作戦に必要不可欠なのが、歴代の死刻神将《しこくじんしょう》が体得している奥義《おうぎ》「抜魂葬送《ばっこんそうそう》」。対象から魂を抜いて殺害する、一撃必殺の邪法だ。

「……あー、そういうことだったんですね。だからナラク様に勅令が出たのか」

マユリタの言葉に頷《うなず》いてみせる。

「勇者を二度と転生させないためには、その魂を抜かなきゃならない。そしてそれができるのは、抜魂葬送《ばっこんそうそう》を使える死刻神将《しこくじんしょう》の俺だけだ」

「魂を抜くって、具体的にはどうやるんですか？」

「魔力を集中させた右手で、相手の胸に触れるんだよ。そして一気に引き抜く」

「あ、じゃあ相手が女の子なら無理ですね」

マユリタはさらっと切り捨てた。

「なんでだよ⁉」

「だってそれ、嵐渡乃愛のおっぱいにさわるってことでしょ？ 童貞くさいナラク様に、そんな真似《まね》ができるとは思えませんし。あーあ、やっぱりだめかー。ゼルファリアに帰れるのはいつになるのかなー」

「バカかお前は⁉ これは魔王様からの勅令で、全魔族の悲願なんだぞ！ おっぱいがどうのとか、めちゃくちゃどうでもいいだろうが！」

「じゃあ、さわれるんですか？」

「さわる！ たとえ相手が嵐渡乃愛でも、次期勇者の確証を得たら、おっぱいさわる！」


がたっ。


音がしたほうを振り返る。屋上のドアがちょっぴり開かれていて、誰かが顔を出していた。

まさか嵐渡乃愛……？

と思ったけど、違った。そいつは俺と同じクラスの、金髪の男だった。

「はは、別に俺、なにも聞いてないんで……」

金髪はそう言って、そそくさと退散した。

ふう。嵐渡乃愛だったら、大変なところだったぜ……って、待て。もし今の話を聞かれていたら、相手が誰だろうと俺、ただの変態じゃね!?

「消しておきます?」

マユリタが魔族らしい凶悪な顔をした。

「いや、いい」

変な噂《うわさ》が広まらないことを願うばかりだ……。

放課後——。

クラスの連中は友人たちと談笑にふけったり、部活の準備を始めたりと、めいめいの時間を過ごす。そんななか、俺はいつもどおり、さっさと教室を出た。

とくに誰かと会話を交わすこともなく、廊下を進み、階段を降り、昇降口で靴を履き替えてグラウンドに出る。そしてまっすぐ、次期勇者探しのためのティッシュ配りに向かうのが、俺の日常なんだ。

もちろん今日も行く。まだ嵐渡乃愛が次期勇者だって確証はないし、勝手にバイトを休んだら、俺を雇った会社にも迷惑がかかるからな。俺も死刻魔団《しこくまだん》を率いる身だから、上に立つ者の気持ちはよくわかるんだよ。

グラウンドを横切って、校門を抜けたところで、女子生徒にぶつかった。

「す、すいません、ぶつかってごめんなさい！　ゴミクズな私は、ちり紙なんです！」

何度もぺこぺこと頭を下げるそいつは——嵐渡乃愛だった。

今日は学校を休んだはずなのに、なんでこんなところにいるんだ。でもまあ、ちょうどいいか。ここでもう一回チェックしてやる。さりげなく肩を叩《たた》いて……。

「いや、お互い様だよ。こっちこそ注意不足で悪かった」

「あ……奈楽《ならく》くん、だったんだ……」

肩を叩《たた》かれて顔を上げた嵐渡乃愛を、俺はじっくり凝視した。それはもう穴があくほど。

「は、はううう〜、そ、そんなに見つめられると……恥ずかしいよ〜」

にへらーと笑いながら、頬に両手を添えて身をくねらせる。

……やはり俺がさわっても、これといった反応はない。強《し》いて言うなら、頬がやたらと赤く染まっただけ。

「あ、あのね、奈楽くん。ちょうど話したかったことがあるの。昨日私、つい勢いで付き合ってって言っちゃったけど……」

「うーん……なんでだろう」

「えっ？」

「理由がさっぱりわからん。そもそも、あの話は本当なのか……？」

勇者は魔族にさわられると拒絶反応を示す。確かにそう聞いていたんだけど、なにも起こらないんだよな。じゃあこいつは、やっぱり勇者じゃない……？

「う、うん。そうだよね。急に付き合ってって言われても、困るよね。私も順序があるって思ってたところなんだ。奈楽くんはオッケーしてくれたけど、やっぱり友達から……」

嵐渡乃愛にさわったマユリタは、不思議な力で反撃されたって言っていたけど、それもひょっとして――。

「勘違い、じゃないのか……？」

「ええっ⁉　か、勘違い……⁉　ご、ごめん、私、てっきり奈楽くんが付き合ってもいいって言ってくれたもんだと……はうう、は、恥ずかしぃぃ……私やっぱり、ちり紙だぁ……」

嵐渡乃愛はがっくりとうなだれていた。あ、しまった、こいつをほったらかして、つい自分の世界に入っちまってた。

「悪い、ちょっといろいろ考えてたんだ」

「う、ううん、大丈夫！　ちゃんと考えてくれたなら、それだけで嬉《うれ》しいから！　昨日のことは一日忘れて！　どうせ私はゴミクズだし、ちり紙にしてくれていいから！」

そう言って、ぺこぺこと頭を下げてくる。なんだよ、ちり紙って。よくわからんけど、とにかく嵐渡乃愛は自己評価が低い女らしい。

「てかお前、今日は欠席だったよな？　なんでこんなところにいるんだよ」

「あ、う、うん。昨日のことで病院に行ったりしてたんだけど、パパがどうしても奈楽くんに直接お礼を言いたいって言うから、帰りにちょっと寄ったの。その……これから時間ある？」

時間か。ティッシュ配りのバイトがあるんだけど、次期勇者の疑いがある嵐渡乃愛から誘われたんだ。ここは遅刻を覚悟で、乗っておくべきだろうな。新しい情報が得られるかもしれないし。

俺が首肯すると、嵐渡乃愛は遠慮がちに言った。

「じゃあ、私のおうちに案内するね……本当はあんまり見せたくないんだけど」

最後のほうは小声で。やっぱりこいつ、なにか隠してるのか？

嵐渡乃愛と並んで、閑静な住宅街を歩く。さっきからこいつは、ちらちらと俺を見てくるだけで、とくになにも喋《しゃべ》らない。だからおたがい、ずっと無言が続いていた。

このままだと情報も引き出せないんで、こっちから質問を投げかけることにした。

「なあ、嵐渡。気になってたんだけど、昨日はなんで拉致されたんだ？」

「あ、えっと、それはその……まあ、私のおうちに来たらわかるよ」

「ふーん……？　じゃ、倉庫に連れ込まれたあとは、なにがあったか覚えてるか？」

マユリタを不思議な力とやらで吹き飛ばした自覚は、あるのかどうかの確認だ。

「それがよく覚えてないんだ。ただ――」

「ただ？」

「えっとね、奈楽くんは知ってるかな。一年生にいる、すごくかわいい女の子」

「ああ、マユリタな」

「まゆり、た……？　鈴木《すずき》まゆりちゃんのことだよね？」

しまった。あいつはこっちの世界で、「鈴木まゆり」の偽名を使ってるんだった。

「下の名前で呼ぶくらい、仲良いの？」

嵐渡乃愛がわずかに口先を尖《とが》らせた。

「いや、仲が良《い》いっていうか……まあ、悪くはないのかな？　それで、そいつがどう――」

俺が言い終わる前に、言葉をかぶせてきた。

「私のことも、乃愛って呼んでほしい」

え、なんで急に？　脈絡がなさすぎんだろ。

「まあ別にいいけど……じゃあ、乃愛。その鈴木まゆりがどうしたって？」

「むふふ。初めて人に、下の名前で呼んでもらったのだ！」

「いいからさっさと続けろ」

乃愛《のあ》は照れ隠しのように、自分の頬をぴしゃぴしゃ叩《たた》いてから続けた。

「えっとね。ほんと変な話なんだけど、なんかまゆりちゃんが、あの倉庫を『火炎放射器』で燃やし尽くす夢を見たんだ。私、いつの間にか気を失ってたみたいで、目が覚めたときは実際に倉庫が燃えてたの。たぶん私を拉致した男たちが燃やしたんだと思うけど」

　火炎放射器ね……まあ、都合のいいように解釈してくれたんなら、なによりだ。

　そしてどうやら乃愛は、例の不思議な力でマユリタを吹っ飛ばしたことを覚えていないらしい……いや、単にすっとぼけている可能性もあるし、あるいは吹っ飛ばされたこと自体、マユリタの勘違いだったってこともありえるか。断定するのはまだ早い。

「あとは、奈楽くんも知ってるとおり。燃える倉庫から、奈楽くんが私をお姫様抱っこで助け出してくれて――」

　あ、そういえば。別件で聞きたかったことを思い出した。

「そのあとお前、俺に付き合ってって言ってきたけど」

「はうっ!?」

「なんで急にあんなこと言ってきたんだ？」

「え、えっと、えっと……その……はううう～」

　乃愛の顔がぼっと赤くなった。それを両手で隠しつつ、指の隙間から俺を見つめてくる。

「……怒らないで聞いてくれる？」

「もちろんだ。俺は寛大な男だからな」

実際に俺は、滅多に怒らない。かつて俺の領内で放火しまくっていたマユリタにも、恩赦を与えて釈放してやったくらいだしな。たぶん俺は、魔王軍で一番懐《ふところ》の広い男だと思う。

黙っていた乃愛はやがて、か細い声で、静かに言った。

「……奈楽くんが、私の好きなＲＰＧの勇者に、似てたから……」

「ああ⁉」思わず聞き返す。「いまなんつった⁉」

「え、だ、だから、奈楽くんが、私の好きなＲＰＧの勇者に、似てたからって……」

ＲＰＧっていうのがなにかは知らないし、そんなことはどうでもいい。ただこいつは、あろうことか、俺を『勇者に似ている』と言った。

勇者――俺たち魔王軍が築いた砦《とりで》や城を、まるでダルマ落としのように解体し、整備された田園をキラーバッファロー数千頭が走り去ったかのごとく徹底的に踏み荒らし、少しずつ積み立ててきた年金で生活している老魔族の隠居先をぺしゃんこにしていく邪悪の化身。

そして魔族同士の戦乱に終止符を打ち、ゼルファリアに平和と秩序をもたらそうとしている俺たち魔王軍をいつも壊滅寸前まで追い込んでは、無責任にも自分はさっさと元の世界に帰ってしまう究極の外道。それが勇者。

この魔王軍六神将のひとり、死刻神将《しこくじんしょう》ナラクが、そんな悪魔に似ているだとぉ……⁉

「なんという侮辱……！　なんという中傷……！　なんという人格攻撃……！」

俺はいま、人生最大の悪口を言われている……！　涙まで出てきた……ああ、魔王様、俺の忠義は本物なのに……！

「ご、ごめん！　そりゃ怒るよね⁉　私、まだ奈楽くんとはほとんど喋《しゃべ》ったことないのに、そんな理由で付き合ってなんて言っちゃって……ごめんなさい！　ちり紙でごめんなさい！」

乃愛が何度も必死に、ぺこぺこと頭を下げてくる。

「……いや、いい。もう大丈夫だ」

勇者の残虐非道ぶりなんて、こっちの世界の人間は知らないもんな。だから乃愛の発言に罪はない。でもそれ、魔族によっては即斬殺レベルの悪口だぞ。俺は本当によく耐えている。

「あの、ほんとにごめんね？　燃える倉庫から助け出してくれたときの奈楽くんは、なんだか本当の勇者に見えたから……」

「頼むから、もうやめてくれ……」

覚えとけよ、嵐渡乃愛。そんなことを言うお前のほうこそ次期勇者だったら、容赦なく胸をさわって、魂を引きずり出してやるからな。


それから数分もしないうちに、乃愛の家に到着した。

白い土壁に囲まれた広大な敷地《しきち》。その一角に口を開ける、やたらとデカい木製の門を抜けると――――。

「お帰りなさいませ、お嬢様！」

「お帰りなさいませ！」

門から伸びる石畳の両脇に整列していた大勢の黒スーツたちが、一斉に唱和した。

乃愛が申し訳なさそうな顔で振り返る。

「あの、奈楽くんは、転校してきてまだ日が浅いから知らなかったと思うけど……これが私の家なの……黙っていてごめんね」

「これってのは？」

「えっと、だから……ヤクザってこと。私、嵐渡組組長の娘なの……」

なんだか乃愛は、すごく言いづらそうに、もじもじしている。

「あ、あのね。連れてきておいてなんだけど、やっぱりパパに会うのが嫌だったら……」

「いいから早く会わせてくれよ。あんまり時間ねーし」

突っ立ったままの乃愛を置いて、石畳の両脇にずらりと並ぶ黒スーツたちのど真ん中を歩いていく。道の先には、これまたでっかい木造の家があった。立派な日本家屋ってやつだ。

「ちょ、ちょっと待って、奈楽くん。え？　その……怖くない、の？」

後ろから追いかけてきた乃愛が、不安げな顔で言う。

「怖いってなにが？」

「だからその……ヤクザが」

ヤクザっていうのは、自らの支配圏を有する武装集団だと聞いている。言われてみれば、なるほど。整列している連中の顔つきは、確かに屈強な兵のそれだ。数多《あまた》の戦場を渡り歩いてきた俺なら、よくわかる。

「なかなか統制のとれたいい部隊じゃないか。気に入ったぞ」

そう言うと、なぜか乃愛はぎょっとした。

広い庭を抜けて、でっかい日本家屋に足を踏み入れる。中にも黒スーツたちは大勢いて、俺たちが通るたびに全員がしっかり頭を下げてくる。本当によく訓練された部隊だ。俺の死刻魔団にも見習わせたいくらいだぜ。とくにマユリタな。

途中、「すいませんでした……」と口にする若い黒スーツが、先輩らしき奴に何発も殴られている光景を見た。障子の向こうから、人間の悲鳴があがることもあった。

乃愛はその都度、俺を振り返ってやたらと謝ってきたが、なんで謝られているのかさっぱりわからん。

やがて乃愛は、立派な虎の剝製が睨《にら》みを利《き》かせる部屋の前で立ち止まった。

「ここがパパの部屋なんだけど……」

同時に部屋の中から、男の怒声が轟《とどろ》いた。

「おんどりゃあッ！　素人《しろうと》さんには手ぇ出すなって何度言わせんだこんクソボキャァッ！」

乃愛は困った顔をするだけで、なかなか入室しようとしない。

なにやってんだよ、こいつ。俺はこのあと、ティッシュ配りのバイトがあるってのに。

「え、え？　ちょっと奈楽くん……！」

慌てる乃愛を尻目に、勝手に部屋のドアを開け放ってやった。

部屋は洋風。虎の皮を開いたような絨毯《じゅうたん》の上に、高そうなソファーとガラステーブルが置かれている。

ソファーの脇に、素っ裸《すっぱだか》で正座させられている男が二人いた。どちらも顔中に殴られたアザがある。二人の周囲にいた屈強な黒スーツたちが、ギロリと俺を睨《にら》んできた。

「テメェ誰だコラ？」

すかさず乃愛が、俺を押しのけて入ってきた。

「きゅ、急にごめんなさい！　え、えっと、彼が……」

「奈楽将吾だ。呼ばれたから、わざわざ来てやったんだろ」

俺が言うと、部屋の奥でボール遊び（パターゴルフとかいうんだと）をしていた和服の初老男性が振り返った。

「なるほど。キミがそうか」

顔に刻み込まれた無数の古傷が、くぐり抜けてきた修羅場の数を物語っている。イグレシオに匹敵する凶悪なツラ構えだ。人間にしては、なかなかいい眼光をもってやがるな。

そんな和服の初老が、黒スーツたちに視線を投げた。連中は素《す》っ裸《ぱだか》の男二人を立たせると、そのまま静かに退室した。室内は俺と乃愛、そして和服の初老の三人だけになる。

ソファーに座るよう勧められたんで、遠慮なく座った。ものすごくふかふかだった。

和服の初老も向かいに腰を下ろす。

「俺はこの嵐渡組の組長で、乃愛の父の嵐渡《あらしど》勘蔵《かんぞう》だ。驚かせてすまんね。ウチの若い衆が素《しろ》人《うと》さん相手に手ぇ出したっていうんで、ヤキを入れてたところなんだ」

「ああ、気にしないでくれ。俺だって下の者の教育には難儀してるからな。気持ちはわかる」

隣に座った乃愛が、またもや、ぎょっとした。

「な、なに言ってるの奈楽くん……？」

「……ふふ、面白い少年だな。どこか有名なチームにでも入っているのかな？」

「まあ、そんなところだ。これでも将軍の立場にある」

「なるほど、アタマか。どうりでヤクザを前にしても、物怖《ものお》じしないわけだ。気に入った」

嵐渡勘蔵は葉巻をくわえた口で、にやりと笑った。

「奈楽くん、だったな。昨日はうちの乃愛を助けてくれたようで、大変感謝している。なにか礼がしたいんで、欲しいものがあればなんでも言ってくれ」

「別にいいよ。それより、昨日乃愛を拉致した連中って、何者だったんだ？」

「ほう？　奈楽くんはヤクザに興味があるのかな？」

「いや、念のために、こいつが拉致された理由を知っておきたいだけだ」

親指で隣の乃愛を指し示す。勘蔵はソファーの背もたれに体重を預けて、重い口を開いた。

「……あれは神原町の外から流れてきた佐和田組《さわだぐみ》の舎弟頭、池本たちだ。俺たち嵐渡組がもっている山林の権利書を安価で手に入れるために、交渉材料として乃愛を拉致したみたいだな」

「ふーん……」

ただの組織同士のいざこざか。まあ、そんなところだろうと思ってたけど。

勘蔵《かんぞう》は葉巻の煙を吐き出すと、思い出したように邪悪に笑った。

「ふふ、あのあと佐和田組にカチコミをかけようとしたんだが、なぜかその前に、奴らの組が何者かに潰されたみたいでな。まあ疑問は残るけど、俺らとしたら溜飲《りゅういん》が下がったんで、なによりだぜ」

「ああ、それやったの、俺だ」

きょとんとする勘蔵と乃愛。まあ、正確に言えば、俺たち死刻魔団でやったんだけどな。

「……え？」

次期勇者かもしれない嵐渡乃愛に危害を加えそうな輩《やから》がいるなら、放置しておくわけにもいかない。俺が魂を抜く前に殺されてしまったらまずいからな。そんなわけで、不安材料は潰しておこうってことになったんだ。佐和田組の名前はマユリタが倉庫で聞いていたんで、とくに苦労することもなく、奴らの巣を発見できた。

もちろん誰も殺してないぞ。マユリタやイグレシオと一緒に、しばらく入院してもらう程度に痛めつけてやっただけだ。舎弟頭の池本《いけもと》だかなんだか知らないけど、しょせん相手は脆弱《ぜいじゃく》な人間だし、弱い者いじめみたいで不本意だったけどな。

勘蔵が眉間にシワを寄せながら言う。

「池本たちは、銃を持っていたと思うが……？」

「ああ、あの遠距離型の武器な。まあ、なんとかなったよ」

さすがに撃たれたときは痛かったけど、魔族の強力な魔術に比べたら、死ぬほどじゃない。

「佐和田組の事務所は焼け落ちたって聞いてるが……？」

「それに関しては、さすがにやりすぎたって反省してるところだ」

好戦的なマユリタが、手当たり次第に火をつけたんだ。俺は止めたんだぞ。

呆気《あっけ》にとられていた勘蔵だったけど、やがて破顔して、満足そうに手を叩《たた》いた。

「あっはっは！　キミは本当に面白い奴だな！　ヤクザの前で、平然と嘘《うそ》を言ってのけるその胆力、大したもんだぜ！　あっはっは！」

「え？　いや、嘘《うそ》じゃないけど……」

「くっくっく、敵対組織の佐和田組を潰してもらったんなら、俺らはもっとキミに感謝しないといけねーな。うちの組にスカウトしたいくらいだぜ。なあ、乃愛？　はっはっは！」

話を振られたのに乃愛は——無言。なぜか氷のような冷たい視線を俺に向けていた。


その後、やけにご機嫌な勘蔵から夕食に誘われたけど、ティッシュ配りのバイトに遅れるのもまずいんで、さっさと帰ることにした。

勘蔵の部屋にいたときから、乃愛はずっと無言を貫いている。俺からもとくに話しかけず、黙ったまま嵐渡組の立派な門の外まで送られた。

「じゃあ俺、バイト行くから」

片手をあげて去ろうとしたんだけど。

「————————————待って」

やけに凄味《すごみ》のある声。それが乃愛の口から漏れた。思わずぞくりとして、足を止める。

「な、なんだよ？」

おずおずと返す俺に、乃愛は歩み寄ってきた。そこに普段の気弱な印象は微塵《みじん》もない。

「……奈楽くんって、不良だったんだね」

「不良？」

「有名なチームのアタマとか言ってたじゃん！　ヤクザのことも受け入れてるしさ！　あんな場面見たら、普通は引くよね⁉」

「あんな場面って……ええと、勘蔵が部下の教育をしてたことか？　別にあれくらい、いいだろ。組織の規律を守るためには必要だと思うし」

「ほらそれ！　もう言ってることが、悪い人そのものだし！」

よくわからないけど、乃愛は怒っているらしい。

「私ね、ああいう家で育ったから、余計に悪い人が嫌いなの。ヤクザも不良も、みんな嫌い。パパにだって、ヤクザなんかやめて普通の仕事をしてほしいって思ってる。それなのに……まさか奈楽くんまで不良で、しかも佐和田組を潰したとか、燃やしたとか、そんな嘘《うそ》まで平気で言っちゃう人だったなんて……！」

「いや、あれは別に……」

嘘《うそ》じゃなくて、本当のことなんだけど。

「奈楽くんは正義の勇者みたいな人だって思ってたのに……なんかショックだよ」

正義の……勇者？　こいつ、なに言ってんだ？

「おいおい、笑わすんじゃねーよ。勇者は正義どころか、邪悪の権化《ごんげ》なんだぞ」

乃愛は絶句した。俺の言った言葉を、うまく咀嚼《そしゃく》できてない感じ。

「え、えと、な、なに言ってるの……？」

「言葉通りだよ。お前は知らないだろうけど、勇者って奴は、自分の快楽のために殺戮《さつりく》を繰り返す、外道のなかの外道なんだ。俺はヤクザってものをよく知らねーけど、勇者の悪行に比べたら、かわいいもんだと思うぜ。ヤクザを嫌う前に、勇者を嫌いになれ」

口をぽかんと開けていた乃愛だが、やがてうつむいて、ぽつりとつぶやいた。

「……やっぱり奈楽くんは、見た目が勇者に似てるだけで、全然違う。全然勇者っぽくない」

勇者っぽくない？　くっ、この女、なにを当たり前のことを……！

「わかりきったこと言うんじゃねぇ！　俺のどこに勇者との共通点があるんだよ!?　その勇者こそ、狂気に魅入られた極悪人だって説明しただろ！」

なにしろ魔族社会をぐっちゃぐちゃに壊滅させる奴だからな。

乃愛は両目をぎゅっと閉じて、大声で叫んだ。

「もう無理！　やっぱり奈楽くんとは付き合えない！　不良だし、勇者を悪い人だなんて言うし、ひどすぎるよ！　奈楽くんのちり紙！　うえええええええええん！」

泣きながら走り去ろうとした乃愛《のあ》の肩を、

「おい待てよ！　まだ話は終わって――――」

摑《つか》んで振り向かせたとき。

乃愛の周囲に、いくつかの光の粒子が浮かび上がった。

神々《こうごう》しい輝きを放つそれぞれが、全長一メートル強の剣の形に変化する。すべての切っ先が俺に向いていなければ、その美しく荘厳《そうごん》な光景に感嘆の息を漏らしたかもしれない。敵意をむき出しにした無数の光の剣は、流星のごとき尾を引いて、次々と俺に突き刺さった。

そして――爆発。まるで神々の爆雷のようなその攻撃に、大きく吹き飛ばされる。

な、なん、だと――…………ッ⁉

うつろな目で、後ろ向きに倒れていく乃愛。それを見届けた直後、俺の意識も飛んだ。


重い体を引きずって、アパートまで戻る。

自分の部屋の前を通り過ぎ、その隣の部屋のドアを、ノックもせずに開け放った。

「あれ、ナラク様？　ティッシュ配りのバイト、もう終わったんですか？」

安物のソファーでファッション誌を読んでいたマユリタが、きょとんとした顔を向けた。俺の部屋の隣にあるここは、部下たちが寝泊まりしている部屋なんだ。

「それよりも、ナラク様。そのお姿は一体――？」

紅茶を飲んでいたイグレシオが、ボロボロになった制服姿の俺を見て、目を丸くした。

俺は二人を見つめ返して、静かに告げる。

「嵐渡乃愛は、次期勇者だった。奴は間違いなく、前勇者の生まれ変わりだ」

「……は？」

なにがあったのか聞いてくる部下たちに、さっきのできごとを説明した。

乃愛と口論になったこと。そして肩にさわったら、無数の光の剣が飛んできて、爆発させられたこと。

「……見間違えるはずもない。あれは歴代勇者が体得していた光魔法、『光刃皇剣《メルシルドソード》』だった」

「光刃皇剣《メルシルドソード》——起爆性のある魔法剣ですな。無数の矢のように放って飛び道具にすることも、硬度をもたせた一振りの剣にして斬撃用にすることもできるという……」

イグレシオの言葉に頷《うなず》いた。

「ほらー、私の言ったとおりじゃないですかー」

マユリタがぶーぶー文句を垂れ始めた。

「私たち魔族が嵐渡乃愛にさわったら、そのなんとかソードで反撃がくるんですよ。なんで信じてくれなかったのかなー」

「しかし、なぜ今になってナラク様が……？　以前は嵐渡乃愛にさわっても、なにも起きなかったはずでは？」

それは俺が一番知りたい。

意識を取り戻したとき、乃愛もそこに倒れていた。嵐渡組のヤクザたちの姿はなかったんで、俺が気を失っていたのは一瞬だけだったと思われる。ひとまず乃愛を抱き起こそうと手を伸ばしたんだけど――――触れた途端、また無数の光刃皇剣《メルシルドソード》が飛んできて、やっぱり俺は爆発しながら吹き飛んだ。どうやら本格的に、さわれなくなってしまったらしい。

そのときも乃愛は、まだ眠ったまま。無意識下でも、魔族の血には反応するようだった。無意識でやっているなら、きっと俺を吹き飛ばした自覚もないんだろう。マユリタのときもそうだったみたいだし。

つまり乃愛のあの力は、魔族の血に反応する無自覚の――――自動反撃。まだ勇者の力には完全覚醒してないはずなんで、自在に操っているとは考えにくい。たぶんあれは、ゼルファリアに来る前段階の未成熟な勇者がもつ、防衛本能みたいなものだと考えられる。乃愛のなかに眠る勇者の力が、自分に近づく魔族を拒絶しているんだ。

だけど、なんでいきなりなんだ？　俺は今まで乃愛に普通にさわれていたはずなのに。

「くそっ、わけがわからん。本当に謎だ……」

乃愛が次期勇者だって確定した以上、あとは抜魂葬送《ばっこんそうそう》で魂を抜けば任務完了。でも、それをするためには、相手の胸に触れる必要がある。

でも今の俺は、なぜか乃愛にさわれなくなってしまった……少しさわっただけで、こっちの意識が吹っ飛ぶほどの自動反撃をかましてくる。これでは抜魂葬送《ばっこんそうそう》なんて絶対に無理だ。

「謎っていえば」マユリタがファッション誌を閉じて言った。「さっきのケンカで撤回されたとはいえ、そもそも嵐渡乃愛がナラク様に、付き合ってって言ったこと自体も謎ですよね」

「どうでもいいだろ、そんなこと」

今はそれよりも、俺が前みたいに乃愛にさわれるようになるためには、どうすればいいかを考えるべきで。

「よくないですよ。だってナラク様、嵐渡乃愛とはほとんど喋《しゃべ》ったこともないんでしょ？　それなのに付き合ってとか言われるなんて、これ女子的には最大のミステリーですって」

なんで女って生き物は、そういう話が好きなんだ。なにが面白いかさっぱりなんだけど。

「……乃愛は前から俺のことを、勇者に似てるって思っていたんだと。なんかあいつは勇者に憧れを抱いてるらしくて」

わざわざ答えてやったのにマユリタは、

「えー!?　だったらそれ、本当の好きってわけじゃないでしょー!?　ぷぷぷー！」

あろうことか主君の俺を指差して、大爆笑しやがった。

「……なにが言いたい？」

「だってだって、嵐渡乃愛がナラク様に付き合ってって言った理由は、『勇者に似てるから』なんでしょ？　それってほかに似てる人がいれば、誰でもいいってことじゃないですか。だから有名人に憧れるのと同じで、本当の好きじゃないって思うわけです。この探偵マユリタは」

「……よくわからんが、なんか腹立つ話だな」

「まあ考えてみれば、そこそこかわいい嵐渡乃愛が、ガキっぽくて童貞くさいナラク様のことを好きになるなんて、最初からありえない話でしたね。ぷくくー！」

とりあえず、バカにされてるってことはわかった。マユリタにも、乃愛にもな……！

ずっと黙っていたイグレシオが、自分の目元を覆って声を震わせた。

「うう……冥王の異名をもつ死刻神将《しこくじんしょう》ナラク様が、我々魔王軍の仇敵《きゅうてき》である勇者に似ていると言われた挙げ句、勝手にフラれるなど、とてつもない侮辱！　ナラク様、さぞお辛《つら》かったことでしょう……」

涙声でそう言いながら、俺を優しく抱きしめてくれた。やっぱりわかってくれるのは、こいつだけだ。いかん、俺も泣きそうになってきた。

イグレシオは続ける。

「……それに、いまのマユリタの話を聞いて、ひとつの仮説が生まれましたぞ」

「なんだ？　遠慮なく言ってくれ」

「どんな形にせよ、嵐渡乃愛は最初からナラク様に、ある種の好意を抱いていたわけですな。それが鍵なのではないかと、私は思うのです。すなわち――」

「たとえ魔族が相手でも、好意をもっていれば、拒絶反応が出ない？」

と言ったマユリタに、イグレシオは頷《うなず》いた。

乃愛が俺に好意をもっていたとするなら、それはきっとあのケンカまでだ。勇者は正義とかのたまう乃愛と、それを否定する俺との対立。そこから俺は乃愛にさわることができなくなった。拒絶反応——つまり自動反撃を受けるようになってしまった。

「なるほど……ありえる……！」

拒絶反応っていうのは、いわば苦手意識だ。勇者は潜在的に、魔族にそれをもっているとはいえ、上書きできるほどの好感度があれば、抑制も可能なのかもしれない。生理的に無理だと思っていた相手でも、交流してるうちに親しくなったなんて事例は、たくさんあるわけだし。

「だったら簡単な話じゃないですか」

マユリタがスナック菓子を食べながら、のんびり言った。

「ようするに、二人がまた恋仲に戻れば、さわれるようになるってことでしょ？」

「恋仲って、なんのことだ？」

「あれ？　さっきまでナラク様と嵐渡乃愛は、一応付き合っていたことになるんですよね？　それって恋人同士だったってことじゃないですか」

恋人同士？　俺と乃愛が？

「え、付き合うってそういうこと？　交際するってことじゃないのか？」

「あのー、男女間の交際の意味、わかってます？」

知らなかった。交際って、ただ友達みたいに連絡を取り合うことだって思ってた。そうか、恋仲になるって意味だったのか……。

いや、だって俺は、魔王軍の死刻魔団《しこくまだん》を率いて戦に飛び込む、死刻神将《しこくじんしょう》ナラクだぞ？　男女間の色恋事情なんて、知るわけねーだろ。そんなものにうつつを抜かす暇があったら、軍備の増強を図るわ。なにが恋人だ。そんなもん、戦場に生きる男には必要ねーんだよ。一緒に遊びに出かけたり、飯食ったり、手を繋《つな》いだりするアホみたいな間柄なんだろ？　あー、いらねーいらねー。興味ねー。そんなことより、昆虫採集に行ってたほうが百倍楽しいっての。

「まあ恋仲とまでは言わなくても、とりあえず、嵐渡乃愛にまた好きになってもらえたらいいんですよ。そのへんは女の私が相談に……って、ナラク様、聞いてます？」

し、しかし今まで恋愛なんてしたことない俺が、まさかの勇者と恋人になれだと……？　あれか。さざ波が打ち寄せる浜辺で、「奈楽くーん、こっちこっちー」「あはは、よーし捕まえるぞ乃愛ぁ」なんて軟弱な追いかけっこをするのか。きっとそれ、時間帯は夕暮れだな。そして乃愛を捕まえた俺は、そのまま砂の上に奴を押し倒し、見つめ合ったままゆっくりと……。

「キスをするんだな……くっ、なんて恐ろしい任務だ……」

「なにがキスですか！　ナラク様の目的は勇者の魂を抜くことなんですよ!?」

そ、そうだった。確かに胸にさわれたらいいんだから、キスは関係ないよな。うん。

だけど俺、あそこまで嫌われてしまった乃愛に、また好きになってもらうなんてできるんだろうか……？　これ、今までやってきた任務のなかでも、最高の難度な気がするぞ……。

第三話　「久保島純平」

神原高校に向かうバスの中で、久保島《くぼじま》純平《じゅんぺい》は今日もライトノベルを読む。

好きなジャンルは青春ラブコメ。作中で描かれる甘酸《あまず》っぱい恋模様には胸がときめき、全力で青春を駆け抜けていく登場人物たちの姿には、心から声援を送りたくなる。

ふと、隣の座席に座っている男女二人組の話が耳に入ってきた。

「あ、あのさ、私たちって、昨日までただの幼馴《おさなな》染《じみ》だったのに、なんか照れるね……」

「や、やめろよ。俺だって緊張してるんだぞ。まさかお前と恋人同士になるなんて……」

現実の甘酸《あまず》っぱい空間が、そこにあった。彼女がいない男子はみんな「羨ましい」と指をくわえる光景だろう。もちろん久保島もそのひとりだが、少しだけ毛色が違う。

くそう、めちゃくちゃ羨ましいぞ、こいつらの親友ポジションにいる奴が……！

青春ラブコメ好きの久保島が憧れるキャラクターは、物語の中心にいる主人公やヒロインではない。脇役の親友キャラだった。主人公に「まあ、がんばれよ」とか言いながら、ヒロインとの仲を取り持つ奴。その二人の恋模様を俯瞰《ふかん》で見ながら、「あーあ、青春だねぇ……」と目を細める奴。

　親友キャラの美徳は、物語の隅っこだけど、しっかりフレームの中に入っている点だ。物語の中心でもなければ、蚊帳《かや》の外でもない絶妙な立ち位置。前に出るのが苦手なオタクの久保島にとって、そんなキャラこそが感情移入の対象なのだ。

　自分もそういうポジションで、甘酸《あまず》っぱい恋物語の一部分になってみたい。現実の青春物語を間近で眺める読者になりたい。常日頃からそう夢想している久保島だったが。

　なかなか希望通りにいかないのが現実だったりする。

　最寄りのバス停で、下車する。そこで久保島を出迎えたのがこれ。


「「「おざーっす、久保島さん！」」」


　バス停の前に整列していた下級生の男子生徒たちが、一斉に頭を下げてきた。全員が不良と呼ばれる部類で、外見からしてかなりイカつい。

　一方の久保島も、金髪にピアス。彼らに負けず劣らず、なかなか迫力のある風貌だった。

「……あのさ、毎朝そんなことするなって言ってるだろ」

「はい！　すいませんっした！　では失礼します！」

　不良の下級生たちは、久保島にもう一度頭を下げて、通学路に消えていく。

毎朝毎朝、本当にやだよ……。

久保島も歩き出したとき、後ろから声をかけられた。

「よっ。相変わらず、すげー人気だな」

同じクラスの茶髪の友人だった。

「もう下級生たちにもあの噂《うわさ》、広まってるみてーじゃん。パトカーキラー久保島の武勇伝」

パトカーキラー——かつて久保島が、ついカッとなって路肩に停車中のパトカーを破壊したという逸話から取られた名称だ。

ほかにも久保島は、路上でケンカを売ってきたボクサーを殴り倒したり、ヤクザの事務所に単身乗り込んだりと、凶悪なエピソードをたくさんもっている。

「まあな」

投げやりに答えた久保島の内なる声がこれ。

……なわけねーだろ！　それ全部、ゲームの話だっつーの！

中学時代までの久保島は、学校でも目立たない地味なタイプの少年だった。友達はおらず、休み時間は自分の席で、青春小説を読むだけの毎日だったはずなのだ。

すべてのきっかけは、知人が誰もいない神原《かみはら》高校への進学が決まったとき。ここで久保島は思い切って自分のキャラ変更を断行した。目指したのは、やはり青春ラブコメの相談役にいそうな誰かの親友ポジション。そういうキャラは爽やかな茶髪のイメージがあったので、自分も髪を染めてみた。金髪になってしまったのは、単にブリーチの放置時間を間違えたからだ。

そして入学式の前日は緊張のあまりなかなか眠れず、式に遅刻。急ぐあまり、体育館のドアを蹴破る勢いで参列した。さらに退屈な校長の祝辞と睡眠不足というダブルパンチで、入学式の最中に眠ってしまうという失態までさらす。

——今年の一年には、入学式に遅刻してドアを蹴破ってきた挙げ句、式の途中で堂々と寝たド金髪の不良がいる——

入学初日から、そんな噂《うわさ》が全校生徒に広まった。もともと地味なタイプの久保島は、自分から人に話しかけることにも慣れていない。しばらく孤独な学校生活を送っていた矢先、久保島と同じように、髪を染めている男子生徒たちから話しかけられたのだ。

「久保島って、二丁目のゲーセンによく行くんだって？　あそこの店長、お前をかなりやべー奴だって言ってたけど」

「……ああ。昨日はついカッとなって、パトカーを潰してしまったからな」

レースゲームの話だった。せっかくキャラ変更に踏み切ったものの、入学式の失敗で中学時代と同じ「ぼっち」になってしまったことに苛立《いらだ》ちを覚え、自機をあえて障害物のパトカーにぶつけてストレスを発散していたのだ。

連中はそれを、現実の話だと勘違いした。

「え!?　いまネットニュースになってるあれ、お前の仕業だったんかよ!?」

折が悪くも、ちょうど誰かが停車中のパトカーを金属バットで殴って逃亡したという事件があった。そして入学式からド金髪でやってきて、その後、誰とも話さずに距離をとっているように見える久保島なら、確かにやりかねないという雰囲気がすでにできあがっていたのだ。

「いや、そうじゃなくて……」

という否定の声も、連中には届かない。

「お前やっぱり、相当のワルなんだな！」

「中学時代からぶいぶいイワしてたクチだろ⁉　連絡先交換しようぜ！」

なんだかんだで久保島は、暗黒の中学時代から数えて、初めての友達ができた。

連中は久保島がゲームの話をしているのに、それを現実のことだと勘違いする。格ゲーでボクサーキャラをパンチのみで倒したことや、ヤクザゲームで敵のチンピラをビール瓶で粉砕したことも。久保島が「神原高校一の不良」と呼ばれるまで、時間はかからなかった。

いまさら「みなさんの勘違いです。自分はただの地味なオタクです」なんてことは、さすがに言えない。それを言ったらせっかくできた友達だけでなく、全校生徒からも総スカンを食《く》らうのが目に見えているからだ。

だから久保島は、周りの勘違いを訂正できず、流されるまま、現在の地位を維持していた。

……こんな環境じゃ、甘酸《あまず》っぱい恋愛空間ともまったく縁がないし、タイムリープができるなら、入学式の日からやり直したいよ……ちくしょう。

眉間にしわを寄せる久保島の顔つきは、なかなか迫力がある。それだけでみんなに恐れられているという事実を、本人は知らない。

「おい、あれ一年だよな」隣を歩く友人が脇の路地を指差した。「まだ五月にもなってねーってのに、もうカーストができてんのかよ」

久保島も釣られて見る。うずくまる気弱そうな眼鏡の男子生徒を、二人の男子生徒が何度も足蹴にしていた。

「へいへーい、今日はお金持ってきてくれたかーい？」

「あ、あるから、蹴らないでよ……」

……かわいそうに。カツアゲなんて最低だな。

とは思うものの、止めに入ったりはしない。というより、入れないのだ。最凶の不良キャラでスクールカーストの上位にいるとはいえ、そもそも久保島は不良どころか、口喧嘩《くちげんか》さえしたことがない普通以下の少年だから。

カツアゲをしていた下級生の男子生徒たちが、久保島の視線に気づいた。ひどいことに眼鏡の少年から千円札をもぎ取ると、片手をあげて路地から出てきた。

「久保島先輩、ウェーイ！　今日もマジ卍《まんじ》な不良オーラ全開っすね！」

「ぎゃははは！　そのインスタ映えしそうな顔、超こえーっすよ！　ウェーイ！」

朝っぱらから、やけにテンションが高い。

この下級生の二人も、久保島と顔見知りだった。最近神原町《かみはらちょう》で名を上げている「チップス」というチームのメンバーだ。SNSを通していろんな高校生に声をかけ、百人規模のイベントを企画したりしているらしい。世界が違いすぎて、さすがに久保島はついていけない。そもそもウェーイな人種は、ただ悪そうなだけの連中よりも苦手だった。

「久保島先輩、今度パリピな俺らのチーム、紹介しましょうか？　パトカーキラーの異名をもつ先輩なら、みんなアリよりのアリっすよ⁉　なあ⁉」

「おうおう！　久保島先輩の入会ツイートを流したら、バズ確定っすね！　アリよりのアリっていうか、アリ、おり、はべり、いまそがり、みたいな？」

きっつ。

眉間を押さえた久保島は、「まあ考えとくわ」と適当にあしらったのだが、下級生の二人組は、

「ウェーイ！　オケマル水産！」

久保島の周囲をぴょんぴょん飛び跳ねながら、ずっとついてきた。

きっつ。

二年Ｃ組。そこが久保島純平の在籍する教室だ。

自分の席に座ると、クラスメイトたちが、ひとり、またひとりと、久保島の周囲に集まってくる。全員が不良っぽい印象の男子生徒たちだった。たとえそういう連中でも、中学時代と違って友達がたくさんできたこの状況は、やはり嬉《うれ》しい。それに怖いのは外見だけで、意外といい奴らだったことも救いだ。

多くの友達に囲まれる久保島に反して、席の前方には、今日もひとりでスマートフォンをいじりながら、静かに時間を過ごしている女子生徒がいる。

嵐渡乃愛《あらしどのあ》。

おっとりした瞳に、ツヤのある長い黒髪。ちょこんとした赤いリボンもいいアクセントになっている。間違いなく美少女の類いなのだが、親が神原町《かみはらちょう》に居を構える嵐渡組の組長なので、恐れのあまり彼女に話しかける人間は誰もいない。教師でさえ、あまり関わりたくなさそうな印象だった。もちろん久保島もそのひとりである。ぼっちの寂しさはよくわかるので、本当は声をかけてあげたいのだが。

さすがにヤクザの娘は、やばいもんなぁ……。

そんなことを思いながら、友人たちと談笑していると。

「お、おっす、乃愛……」

なんと果敢にも、嵐渡乃愛に話しかける男子生徒がいた。こんな事態は初めてなので、教室全体がどよめく。

「おい、奈楽《ならく》の野郎が、嵐渡に話しかけてんぞ」

「なんで急に……？　てか奈楽って、あんまり人と話すタイプじゃねーだろ……？」

友人たちも首をかしげる。久保島も同意見だった。

奈楽将吾《しょうご》は、今年の始業式から編入してきた転校生だ。誰とも話さないわけではないけど、かといって話し込むようなタイプでもない。周りと適度な距離をとっている感じだった。授業が終わればさっさと帰るし、嵐渡乃愛に声をかけているところも見たことがない。

それなのに——。

「その、あれだな。今日もいい天気だよな」

「…………」

「じつは寝違えちゃって、首が痛いんだよ」

「…………」

「そういや、一時間目の授業ってなんだっけ？」

「…………」

なぜか今日に限って、率先して話しかけている。すべて無視されているのが辛《つら》いところだ。

「奈楽の奴、どうしたんだろ？」

友人のひとりがぽつりとつぶやいた。

「そういえば」久保島には思い当たる節があった。「昨日の昼休み、あいつ校舎の屋上で、嵐渡のおっぱいをさわるとか言ってたような……」

「えええええええええええッ!?」

友人たち全員が、声を揃《そろ》えて驚いた。

「あのおとなしそうな奈楽が、なんでそんなことを……嵐渡に惚《ほ》れたのか？」

久保島もその可能性は考えていた。

……なるほどね。ヤクザの娘だろうと、好きになったなら仕方ないよな。あーあ、相談してくれたら俺、いい親友ポジションになってやるんだけどな。

残念ながら、最凶の不良と呼ばれる久保島に恋愛相談をする生徒は誰もいない。

やっぱり思い通りにいかないなぁ、と落胆する久保島だった。


その日の奈楽は、休み時間になるたびに、何度も乃愛に話しかけていた。一方、乃愛のほうは応じる気がないようで、ずっと沈黙を貫き通す。そして逃げるように教室を出て行くのだ。

そんな二人の様子が面白くて、久保島は想像で楽しんだ。じつは二人は隠れて付き合っていたとか、奈楽の正体は嵐渡組から派遣された護衛係の組員だったとか。

真相なんてどうでもよかった。ただ推測するだけで面白い。甘酸《あまず》っぱい関係を匂わせる奈楽と乃愛は、久保島にとって、あまり代わり映えしない学校生活に加えられた、ワイドショー的な青春スパイスなのだから。

「ひょっとして、二人は前世からの因縁があるんじゃないか？　奈楽は最近その記憶を取り戻したから、いきなり嵐渡に話しかけるようになったんだよ」

「なんだよそれ？　てかお前、はしゃぎすぎじゃね？」

友人たちとそんな話をしていると、チャイムが鳴って、ジャージ姿の教師が入ってきた。

「全員、席につけ。下校前のホームルームを始めるぞ」

担任の伊具礼士雄《いぐれしお》だ。屈強な体格とヤクザのような強面《こわもて》なので、どんなに悪そうな生徒たちでも、そそくさと自分の席に戻っていく。

それを見届けたあと、伊具は教卓に両手をついて切り出した。

「まず一点目。最近この神原町で、若者によるホームレス狩りというものが横行しているらしい。もし見かけたら、自分たちで止めに入らず、きちんと警察に通報しろというのが職員会議の結論だ。貴様らは虚弱で貧弱な人間ということを忘れないように」

「ホームレス狩り、だと……？」

久保島の斜め前の席にいる奈楽が、妙なところで反応した。伊具は続ける。

「それから二点目。以前から伝えていたように、今日の放課後は全校生徒で、校内の清掃ボランティアを行《おこ》なう。というわけで、それぞれペアを組んで清掃に当たってもらうぞ。まずは、嵐渡と奈楽。あとのペアは勝手に決めろ。以上」

……は？　なんだそれ。なんで奈楽と嵐渡だけ決まっていて、残りは放置なんだ。わけわかんないぞ、伊具先生。

久保島同様、ほかの生徒たちも一様に顔をしかめていた。もちろんヤクザの娘とペアになりたい生徒なんて誰もいないのだが、その投げやりな態度には不満が漏れる。しかし伊具が怖いので、ざわめき程度にしかならない。

そんななか、大声を張り上げる生徒がひとり。

「おいコラ、ちょっと待て！　俺たちだけ露骨にくっつけようとするんじゃねぇ！」

奈楽だった。伊具はおろおろしながら。

「で、では、残りのペアも決めたいと思う。まずは……」

なんか奈楽って……すごいな。

あの伊具に真っ向から意見したその少年に対して、久保島はある種の畏敬の念を抱いた。

席順により、久保島はおとなしいタイプの男子生徒とペアになった。渡り廊下の掃除を担当することになったのだが、相手の生徒からは、自分ひとりでやると言われてしまった。最凶の不良と呼ばれる久保島と二人で作業するのが嫌だったのだろう。

それを察したからこそ、久保島は素直に従って、場を離れた。

「あーあ、別に掃除くらい、言われたらちゃんとやるのに……最凶の不良もつらいわ」

手持ち無沙汰のまま、ひと気のない体育館の裏に回った。表を歩いていたら、サボっていると思われるからだ。実際サボる形になっているのだが、真面目な久保島は自分に「これは休憩だから」と言い聞かせていた。

適当なところで塀に背を預け、購買部で買ったパックのオレンジジュースを口にする。

するとそこへ。

「あれー？　ひょっとして、サボりの先客ですか？」

やや遅れて体育館の裏にやってきた女子生徒に声をかけられた。あどけない顔立ちなのに、制服を着崩している姿にギャップがある。少しはだけた白シャツからは、わずかに胸の谷間が見えていた。

「じゃ、私も一緒にサボらせてもらいまーす」

明朗快活な彼女は、一年生の鈴木《すずき》まゆりだ。まだ四月で入学したばかりにもかかわらず、すでに神原《かみはら》高校の有名人だった。主に男子生徒の間で。もちろん久保島も知っている。

そういえば、と思い出す。昨日の昼休み、ちょっと青春系っぽく屋上でコーヒー牛乳を飲もうとした久保島だったが、そこには先にまゆりがいた。なぜか伊具と奈楽も一緒だった。

あれって、なんの集まりだったんだろう？

久保島の青春センサーが働く。カフェラテをストローでちゅうちゅう吸っているまゆりに、

思い切って話しかけることにした。

「なあキミ、一年生の鈴木まゆりちゃんだよな」

「そっすよ」

「昨日の昼休み、奈楽と校舎の屋上にいただろ？　もしかして、付き合ってんの？」

あのおとなしそうな奈楽に限って、こんなにかわいい彼女がいるはずはないと思っていたのだが、一応聞いてみた。

するとまゆりは、

「あは、そんなんじゃないですよ」

やはり予想通りの答えを返してきた。が——。

「むしろ隙があれば、寝首を掻《か》いてやろうって思ってます」

「ね、寝首？」こっちは予想外だった。

「えへへ。私って、殺人衝動を抑えるのに必死なんですよねー」

まゆりは微笑《ほほえ》みながら、カフェラテを持っていない手の指をわきゃわきゃと動かした。

「そ、そうなんだ……」

なんだか変わった子だ。甘酸《あまず》っぱいヒロインとは程遠い。青春センサーも鈍ったものだ。

「お兄さんって、ナラク様——じゃなくて、奈楽さんの知り合いなんですか？」

「ああ、俺は奈楽と同じクラスで、二年の久保島純平っていうんだ」

まゆりは、ぽんと手を叩《たた》いた。

「あ、知ってます！　パトカーキラーの久保島先輩でしょ？　クラスの男子たちがよく騒いでますよ。どんな相手でも三人までなら、一分以内に病院送りにしちゃうすごい不良だって」

「ああ、それな……」

相変わらず現実の話として尾ひれがついているが、実際はオンラインで四人同時に対戦できるゲーム『スマグラ』のことだ。久保島の持ちキャラは、ピンクの丸い生物「ガービィ」で、その圧倒的な強さにネット上では、《ピンク色の独裁者》の名で恐れられていた。

基本的に女子は、あまり不良っぽいエピソードが好きではない。だから久保島は、少し訂正しておくことにした。

「病院送りっていうのは誤解だ。俺はただ、一分で相手を戦闘不能にするだけで……」

あれ、この言い方も、まずいか？

「ふーん」

まゆりはとくに反応を見せず、手鏡で前髪のチェックを始めた。軽蔑しているというより、興味がないといった感じだ。

「えっと……驚かないの？」

そもそも一年生の女子にしては、最凶の不良を前にして、平然としすぎなのも気になる。

「はい。だって奈楽さんは、もっとすごいですから」

手鏡を閉じたまゆりが、にっこりと微笑《ほほえ》みかけてきた。

「奈楽がすごい？　まさかあいつ、本物のケンカで一分間に三人倒せる、とか言わないよな」

「あははっ、そんなわけないじゃないですかー」けらけら笑ったあと、「二百人ですよー」

「二百人⁉」

「はい。あの人なら、一分間で二百人くらい簡単に蹴散らしますよ。胸くそ悪い強さですし」

待て待て待て！　あいつ、とんでもないホラ吹きだぞ⁉　てゆーか、なんでまゆりちゃんも、そんなエグい嘘《うそ》を信じてるんだ⁉

「まあ久保島先輩も、人間にしてはすごいと思いますよ。奈楽さんは次元が違うだけです」

混乱した久保島に、謎の対抗心が生まれた。

「じゃあ俺は千人だ！　一分……いや、二分あれば千人倒せるぞ！」

無双系アクションゲームの話だ。

「せ、千人？」さすがにこれには、まゆりも驚いたらしい。「ほえー、すごいんですねー。人は見かけによらないなあ……」

まゆりは真剣な眼差《まなざ》しで、久保島の全身をじっくり観察したあと、「ふむ」と頷《うなず》いた。

「じゃ、私はそろそろ掃除に戻るんで。先輩と話せて、楽しかったですよ」

ハイタッチを要求してくる。少し面喰《めんく》らいながらそれに応じると、まゆりは「また遊んでくださいねー」と言いながら駆けていった。

元気な女の子だな……一体、奈楽とどんな関係なんだろ。

まゆりもいなくなったことだし、そろそろ自分も行こうと体育館の角を曲がったところで、誰かにぶつかった。相手の持っていたバケツの水が、久保島のズボンに飛び散る。

「ごご、ごめんなさいごめんなさい！　洗濯するからすぐ脱いで！」

ズボンに手を伸ばしてきた彼女は、嵐渡乃愛だった。やんわり押《お》し退《の》ける。

「いや、大丈夫だから」

「……あの、本当にごめんなさい。私って本当に、ちり紙だね……」

ちり紙ってなんだろう？

乃愛はしゅんと肩を落として、ずっとうつむいていた。

このまま行くと、なんだか怒った自分が、ヤクザの娘を置き去りにするみたいで、気がひける。そう思った久保島は、少し怖いけど、軽く言葉を交わしてから立ち去ることにした。

「……嵐渡ってさ、奈楽とペアで掃除してるんじゃなかったっけ」

「え、あ、うん。でも二人きりだと気まずいから、逃げてきちゃったの」

はは、と申し訳なさそうに笑う乃愛。

「気まずいって……ああ、今日はやけに話しかけられていたみたいだし、迷惑だったとか？」

「め、迷惑だなんて、そんなことないよ！　こんな私にでも、話しかけてくれるだけで嬉《うれ》しいし……ただ奈楽くんとは、ちょっといろいろあって、どうしたらいいかわかんなくて……」

そこで黙り込む。久保島の青春センサーが、「もう少し掘れ」と訴えかけてくるが、ヤクザの娘はやはり怖い。適当に相槌《あいづち》を打って踵《きびす》を返《かえ》したところで。

「あ、あの、久保島くん」

意外なことに、乃愛から呼び止められた。振り返る。

「あのね、久保島くんって、みんなから不良って言われてるよね。その……なんで不良なんかになったの?」

「え、いや……それは、ええと」

勘違いから生まれたなりゆきで、周りに流されるまま、そのキャラを維持しているだけ。

もちろんそんなことは、口が裂《さ》けても言えない。乃愛は小さく続けた。

「久保島くんの前で言うのも失礼だと思うけど、私、ヤクザとか不良とか、悪い人って好きになれないの。自分自身のことも好きじゃない。知ってると思うけど、私はそんなヤクザの娘だから」

どうして急に、不良の話を持ち出したのかはわからないが。

「んー」久保島はぽりぽりと頭を掻《か》いて、口を開いた。「まあ、悪い人が嫌いって気持ちはよくわかる。俺もそうだしな。てか、みんな嫌いだろ」

「で、でも、久保島くんって……」

「まあ、不良って言われてるよな。でも不良って悪い奴らばっかりじゃないぞ。ただそう見えるだけで、話してみると意外といい奴らもいるんだ。実際、俺の友達もそうだったしな」

「悪くない不良もいるってこと？」

「んー、というより、悪いことをした時点で不良だと思うんだ。本当は悪い奴じゃないのに、噂《うわさ》や思い込みだけで決めつけるのは危ないってこと」

自分を弁護しているみたいで、久保島は少し苦笑してしまう。

「そっか……奈楽くんもそうなのかな……」

乃愛は小さくつぶやいた。

「奈楽が、なんだって？」

「あ、ううん、なんでもない！　久保島くんと話せてよかった。私ももう少し、自分で考えてみる。久保島くんにも、噂《うわさ》だけで不良なんて言ってごめんね……私って本当にちり紙だった」

ぺこりと頭を下げて、駆けていった。

ヤクザの娘なのに、悪事を毛嫌いしている乃愛。いや、ヤクザの娘だからこそ、そんな考えなのかもしれない。

「……はは。偉そうに語った俺も、噂《うわさ》だけで勝手に決めつけていたのかもな。ん？　てか今の俺、相談に乗った親友キャラっぽくなかったか？」

つい微笑《ほほえ》む。それになんだか、思ったほど乃愛が怖い存在ではないような気もしてきた。

◇　◇　◇

「おのれ……乃愛の奴」

ペアになった俺と乃愛が任されたのは、一年校舎裏の草むしり。にもかかわらずあいつは、「バケツに水を入れてくる」なんてつまんねー嘘《うそ》をついて、どっかに逃げやがった。

ようするにあいつ、俺と二人きりになるのが嫌ってわけだよな……。

今日の俺、めちゃくちゃがんばったんだぞ。ちょっとでも乃愛に気に入られようと、何度も話しかけたりしてさ。でも全部無視。あいつ、露骨に俺を避けやがるんだ。

しかもクラスの女どもからは「奈楽くんって、嵐渡さんが好きなの？」なんて冷やかされちまうし。この屈辱、マジで耐えられねーぞ……。

すべては、安全に乃愛にさわれるようになって抜魂葬送《ばっこんそうそう》を使うため。誰が勇者なんかを好きになるかっての。それだけは、どう転んでもありえない。

ひとりで広大な校舎裏の草むしりをしていた俺は、摘んだ草をぎりぎりと握りしめた。

勇者には恨みしかない。奴は絶対に俺がブチ殺す。死刻魔団《しこくまだん》の未来のためにもな……。

死刻魔団《しこくまだん》は、魔族の名門ローゼンバイヤー家の当主が、代々死刻神将《しこくじんしょう》となって軍を率いる。暗黒魔法や呪われた武具の使い手で構成されているのが軍の特徴で、俺の親父《おやじ》の代には史上最大の栄華を誇った。

破竹《はちく》、怒濤《どとう》、獅子《しし》奮迅《ふんじん》――その勢いを表現する言葉は、枚挙にいとまがない。《戦神》と呼ばれ恐れられた親父《おやじ》は、次々と敵対魔族の領地に侵攻し、魔族間の勢力図を魔王軍一色に塗り替えていった。親父《おやじ》の代の死刻魔団《しこくまだん》は、名実ともに魔王軍最強の軍勢だったんだ。

そんな死刻魔団《しこくまだん》を擁する当時の魔王軍は、ゼルファリア全土の九割以上を支配下に置いたと聞いている。魔王軍の天下統一には、確実に王手がかかっていた。

そんなときに限って、奴はやってくるんだよ。別の世界から盤面をひっくり返しにやってくる勇者って奴がな。

ほんと、勇者ってなんなんだろうな。なぜか魔族が人間に仇《あだ》なす存在だって思い込んでやがるし、ゼルファリアの人間たちも、そんな勇者を止めるどころか「救世主様だ!」なんて言ってもち上げるしよ。俺たちは人間なんて相手にしてねーのに、わけがわからん。ひょっとしてあれか。勇者はどっかの神に、うまいこと言いくるめられてんのか?

とにかく前回の勇者は、歴代勇者のなかでも最強最悪。光刃皇剣《メルシルドソード》の一振りで城をなぎ倒し、魔法の一発で集落が消し炭にされた。

やがてその勇者は、死刻魔団《しこくまだん》の領内にも攻めてきた。親父《おやじ》は《戦神》の異名に恥じることなく、大軍を率いて勇者を迎え撃ったものの――その圧倒的な力には及ばなかった。親父《おやじ》は辛《かろ》うじて生き残ったけど、死刻魔団《しこくまだん》はほぼ壊滅させられたんだ。単騎の勇者によってな。

そのショックは、あまりにも大きかったらしい。好き放題に暴れまわった勇者が元の世界に帰ったあと、憔悴《しょうすい》しきっていた親父《おやじ》は、こんなおかしなことを言い出した。

「もう勇者と戦うなんて、こりごりだよ～」

それが本当に自慢だった親父《おやじ》の――《戦神》と呼ばれていた勇猛な親父《おやじ》の口から出た言葉なのかと、マジで耳を疑った。

親父《おやじ》は言っていた。あれから毎晩、勇者に攻め込まれる夢を見ると。たったひとりの勇者に魔王軍最強と言われた死刻魔団《しこくまだん》の軍勢が、次々と討ち取られていく悪夢だ。

あんな化け物は初めてだ。そのうちまた奴が来ると考えると、とてもじゃないが戦えない。

親父《おやじ》はそんな考えで、引退を決意した。

これは別に、親父《おやじ》に限った話じゃない。あらゆる攻撃が通じず、どんな大軍でも押《お》し退《の》けてしまう勇者と対峙《たいじ》した者は、ときに病むことがある。魔族の間ではこれを「勇者病」と呼んでいた。勇者の剣は魔族の体だけじゃなく、自信やプライドっていう見えないものすら斬り裂いてしまうらしい。

当時の俺はまだガキだったんで、ローゼンバイヤー家は隠居した親父《おやじ》に代わって、参謀だったイグレシオが管理を任された。その時点でローゼンバイヤー家――死刻魔団《しこくまだん》の領地は、全盛期の十分の一にまで落ちていた。勇者との戦闘で疲弊していた隙を狙って、一度は領内に取り込んだ敵勢力の魔族たちが反旗を翻《ひるがえ》し、どんどん領地を切り取られていったからだ。

そのうえ死刻魔団《しこくまだん》の魔族たちは、絶大な影響力があった親父《おやじ》の隠居に伴って、次々と引退していく始末。こうしてただでさえ弱体化していた死刻魔団《しこくまだん》は、魔王軍最弱で自然消滅寸前の軍に成り下がってしまった。「死を刻む魔団」っていうイカつい名前が、虚《むな》しくなるほどにな。

やがて人間でいう十六歳になった俺がローゼンバイヤー家の当主になり、空席だった死刻神《しこくじん》将《しょう》の位を継いだ。もちろんほかの六神将からの風当たりは、相当キツい。

——こんな小僧に六神将が務まるのか——

——そもそも死刻魔団《しこくまだん》は、もう必要なかろう——

——あの《戦神》がただの腑《ふ》抜《ぬ》けになったのではな——

俺のことを言われるのは構わない。確かに死刻神将《しこくじんしょう》の椅子は、ローゼンバイヤー家の当主による世襲だし、十六歳での六神将入りは自分でも早すぎると思う。

でも、かつて魔王軍最強だった死刻魔団《しこくまだん》は俺の誇り。そして果敢に勇者に挑んだ末、勇者病にかかってしまった親父《おやじ》は、今でも俺の自慢なんだ。

そこをけなされるのは、どうしても我慢できない。

だから俺は認めさせてやるんだ。《戦神》の意志を受け継いだ息子が、異世界まで出向いて、太古から続く魔族と勇者の死闘に終止符を打ったと。やはりローゼンバイヤー家が率いる死刻《しこく》魔団《まだん》は、魔王軍にとって、なくてはならない軍勢だと。

次期勇者の抹殺という偉業を成し遂げれば、かつて親父《おやじ》の下にいた臣下たちだって、きっと戻ってくる。外部から仕官を求める魔族たちだって急増するだろう。そうなれば、地に落ちた死刻魔団《しこくまだん》を再興できる。もう一度、魔王軍最強の軍勢にすることだって夢じゃなくなるんだ。

「そのためにも俺は、必ず乃愛の乳を、さわる……！」

緊張感のない発言に聞こえるけど、これは正しい。勇者の始末は、魔王様の勅令とか関係なく、俺自身のためにも絶対に完遂しなければならないことなんだ。

ちょうどそこに――――。

「あ、あの……」

そんな次期勇者が戻ってきた。

「えっと……バケツに水、入れてきたよ」

俺から離れるための言い訳だったのに、律儀《りちぎ》にもちゃんと汲《く》んできやがった。

「水なんて、草むしりに必要ないだろ」

「あ、そ、そうだね……」

乃愛はバケツを置くと、少し離れた場所で草むしりを再開した。時折、ちらちらと俺の様子を窺《うかが》ってきやがる。

「……なんだよ？」

「え、う、ううん。なんでもない……」

とか言いながらも、俺の観察をやめない。なんだか気味が悪いぞ。さっきまでは執拗《しつよう》に俺を避けていたくせに、急に興味をもたれたような気がしてさ。

いくら俺に注意を払っていても、隙だらけ。こんな奴でも、次期勇者。親父《おやじ》を勇者病にして戦う気力を失わせ、死刻魔団《しこくまだん》が落ちぶれる原因を作った前勇者の生まれ変わり――。

くっ、やっぱこいつには、憎しみしかねぇ……ッ！　強引に抜魂葬送《ばっこんそうそう》を使えば、意外といけるんじゃないのか……!?

草むしりをしながら、背に回した右手に魔力を集中させる。禍々《まがまが》しい闇色のオーラが手を包み込んだ。ちらちらと俺を見てくる乃愛は、それに気づいている様子もない。

あとはこの右手を、乃愛の胸に押し当てるだけ。

「あ、あのね、私、奈楽くんのことよく知らないのに、不良って言っちゃって、その……」

乃愛《のあ》が視線を落として、なにかぶつぶつと言い始めた。

その隙を狙って、一瞬で背後に回り込む。同時に後ろからガバッと抱きついて、右手を胸に当て――――――――――――――――――――――――る前に。
中空に出現した無数の光子剣に貫かれ、俺は爆発した。

「ナラク様、ナラク様！」

何度も揺さぶられて、目を覚ました。戦場でもっとも危険なのは、動きを止めること。その習性が刷り込まれていたため、一気に跳ね起きる。

俺の身を揺さぶっていたイグレシオが、安堵《あんど》の息をついた。

「ご無事でなによりです、ナラク様。お体の具合はいかがでしょうか」

「まだ全身痛いけど、動けないほどじゃない」

「嵐渡乃愛の仕業ですね。おのれ、憎き勇者めぇ……！」

聞けばイグレシオは、ちょうどここの近くを巡回していたときに、謎の爆音を耳にして駆けつけてきたらしい。そして現場には、俺と同じく気を失っていた乃愛がいたという。

その乃愛は現在、

「保健室で眠っています。魔族の私ではさわれないので、保険委員を呼んで運ばせました。ナラク様は、抜魂葬送《ばっこんそうそう》をお試しになられたのですな」

頷《うなず》いてみせた。

今回の件で確信したけど、どうやら乃愛は自動反撃をするたびに気を失ってしまうらしい。勇者の力の片鱗《へんりん》を放出すると負荷がかかるとか、そんな理由だと思われる。

そしてこれも昨日の推測どおり、乃愛は意識がそちらに向いていなくても、魔族にさわられただけで体が勝手に反応して、自動反撃がくる――ようするに、寝込みを襲ったとしても、吹っ飛ばされる可能性は大ってわけだ。

考え込んでいる間、イグレシオが爆発でボロボロになった俺の制服を脱がしてくれた。そして自分のジャージを脱いで、俺に着せてくる。サイズはかなりデカいけど、裸よりマシだ。

「やはりマユリタが言っていたように、親密な関係にならないと、相手の胸に触れる抜魂葬送《ばっこんそうそう》は難しいようですな……」

「ああ。身をもって痛感したよ。まだ未成熟とはいっても、乃愛の力は相当やばい」

「くっ、死刻神将《しこくじんしょう》ナラク様ともあろう方が、これから勇者に媚《こび》を売らなければならないとは、なんたる皮肉、なんたる悲劇！」

「方法はわかってるんだから、問題ない。魔王軍のため、死刻魔団《しこくまだん》の未来のために、俺は必ず乃愛と親密な関係になってみせる。そして奴の胸を――さわる」

「な、なんとご立派な……このイグレシオ、心から感服いたしました。今のナラク様の発言を聞けば、きっと先代様もお喜びになるはずです。私も粉骨砕身の思いで協力いたしますぞ！」

「その意気込みはありがたいけど、清掃ボランティアのペア決めはやりすぎだろ。強引に俺と乃愛を組ませやがって。だいたいお前、俺にだけ露骨に態度を変えすぎなんだよ。一応、教師の立場でここに潜入してるんだから、きちんと俺を生徒として扱って……」

するとイグレシオは、

「大変申し訳ありませんでした！」その場で土下座した。「このイグレシオ、ナラク様を思うあまり……思うあまりぃッ！」

「だからそういうのをやめろって言ってんだ！」

◇　◇　◇

久保島純平は結局掃除に戻ることもできず、手持ち無沙汰のまま校内をうろうろしていた。

そしてなんとなく、一年校舎の裏にやってきたところで――。

……なんだあれ？

強面《こわもて》教師の伊具を土下座させている奈楽を見た。

「おい！　こんなところで土下座させてい……」

「おい！　こんなところで土下座なんてやめろ！」

「いいえ、主君に対する私の忠義が許しません！　不快な思いをさせて、本当に申し訳ございませんでした！」

「いいから頭をあげろっての！　誰かに見られたらどうすんだ⁉」

伊具はタンクトップ姿で、そのトレードマークのジャージは奈楽が着ている。状況はさっぱりわからない。まさか伊具は、それを剝ぎ取った奈楽に土下座で返還を要求している——わけはないと思うが、いずれにしても教師を土下座させるのは、やりすぎだ。

「あのー、なにやってんだ？」

久保島が遠慮がちに声をかけると、伊具と奈楽は同時に振り返った。

伊具はすかさず立ち上がると、

「黙れ人間！　詮索する暇があったら、テスト勉強でもしてろ！」

怒声一発。そして奈楽にぺこりと頭を下げると、そのまま歩き去った。久保島はなぜ自分が怒られたのか、まるで理解できない。

残された奈楽が、気まずそうな顔で言う。

「その、なんだ。変なところを見せて悪かったな。気にしないでくれ」

奈楽は童顔でおとなしそうな印象だが、あの伊具に対しても強気だ。もしかすると、意外と暴力的な不良なのかもしれない。

久保島は余計なおせっかいとは思いつつも、青春センサーが働いて忠告することにした。

「事情は知らないけど、教師を土下座させるなんてやめたほうがいい。嵐渡は不良が嫌いって言ってたし、お前もあいつが好きなら……」

「ああ？」奈楽の眉がぴくりと釣り上がる。「誰が、誰を、好きだって？」

名状しがたい威圧感が、そこにあった。

「い、いや、なんか今日のお前、やけに嵐渡に話しかけてたから……勘違いだったらすまん」

「――言葉には気をつけろ」

なんかこいつ、ちょっと怖いぞ……。

久保島は愛想笑《あいそわら》いで返した。

「はは……まあ、あれだ。もし女のことで相談があれば、いつでも頼ってくれよ。俺って恋愛経験も豊富だからさ」

もちろん豊富な恋愛経験とは、青春系作品の読書量のことだ。もともと地味な部類の久保島は、男友達こそ格段に増えたが、彼女ができそうな兆《きざ》しは微塵《みじん》もない。

奈楽はそのまま無視して立ち去るかと思いきや。

「……それは本当か？」

予想外の反応を見せた。

「確かお前、久保島とか言ったな。じゃあ、女が喜びそうなアイテムを教えろ」

「ん？　それを聞いてどうする気だよ？」

「もちろん、乃愛にプレゼントしてやるのさ」

にやりと微笑《ほほえ》む奈楽。

……なんだよこいつ。やっぱり嵐渡のこと好きじゃん。

あれ、ちょっと待てよ。

久保島は少し考え込んだあと、奈楽に尋ねた。

「……もしかして、いま俺、恋愛相談されてる？」

「ああ。ぜひともお前の力を借りたい。乃愛を口説き落とすために協力してほしい」

まさか。

まさかこれは……！


初・体・験！　甘酸《あまず》っぱい空間よ――――きたれぇぇッ！


久保島は右拳を天に突き上げた。最凶の不良キャラになって以来、いやそれ以前から、誰かに恋愛相談をされたのは初めてだった。少し悪そうな友人たちはそもそも彼女持ちが多いし、いない連中でも「誰かオンナ紹介してくれねーかな」「あー、合コンやりてー」しか言わないので、自身の思い描く甘酸《あまず》っぱい恋愛空間とは少し違っていたのだ。

久保島が求めているのは、「好きな子を振り向かせたい」「告白したいけど勇気がない」みたいな、もっと純粋無垢《むく》な青春ラブコメ。そんな空間の一部になりたいのだ。

それがついに叶《かな》う。とうとう青春ラブコメの登場人物になれる日がきた。奈楽は意外と怖い一面もあるが、不器用そうなところはかわいい。自分が支える主人公役にも適している。

久保島は奈楽の背中をぽんと叩《たた》いた。そして爽やかな笑みを見せる。

「よーし、だったらさっそく、駅前のシオンモールに行こうぜ！」


シオンモールは田舎の神原町で、一番大きなショッピングモールだ。百軒以上の店舗が参入しており、衣料品や雑貨、ＣＤや書籍まで、なんでも揃《そろ》う。フードコートやレストラン街だけでなく、ゲームセンターまで併設されているので、学生の遊びにも事欠かない。

久保島も高校生になってからは、友達とよく訪れていた。それでも女子へのプレゼント探しに付き合うのは初めてのこと。奈楽と一緒に、普段は行かないおしゃれな雑貨屋や、女子向けのキャラクターグッズを見て回るのは非常に楽しく、自分が甘《あま》酸っぱい恋物語の登場人物になっている気分を存分に味わっていた。

奈楽は見た目以上に心が少年で、おもちゃ屋の前を通れば消防車の模型に飛びつき、本屋の前を通れば小学生用の昆虫図鑑に飛びつく。「ゼルファリアでは見たことねえ」と、意味のわからないことを言って。そのたびに久保島が軌道修正を図りつつ、なんとか乃愛にプレゼントするものを購入できた。

そして休憩がてら、奈楽と二人でフードコートにやってきた。

「本当に助かったよ久保島。お前のおかげで、いいプレゼントが買えたぜ」

奈楽は砂糖とチョコレートがたっぷりかかったドーナツを頬張っている。すでに四つ目なので、久保島は見ているだけで胃もたれしそうだった。

「いや、俺も楽しかったからいいんだけど……本当にあれでよかったのかな」

「あれって、なにが？」

「だから、お前が嵐渡のために買ったプレゼントだよ」

久保島も女子に贈るプレゼントなんて買ったことがないため、はっきり正解はわからない。それでも、さすがに違うんじゃないかと思う。鉄アレイはさすがに違うんじゃないかと。

奈楽は隣の椅子に置いていたプレゼント用の箱（中身は鉄アレイ）を見て、言った。

「いいに決まってんだろ。銀色に輝く色合いといい、武器みたいな形状といい、めちゃくちゃかっこいい置物じゃないか。それにちょっと重いから、トレーニングにも使えそうだろ？」

もともとそういう用途なんだけどな……。

たまたま入ったスポーツ用品店で、奈楽が「これかっこいいし、プレゼントによくね？」と言って鉄アレイを手に取ったときは、冗談だと思った。だけど奈楽は本当に購入して、レジでプレゼント包装までしてもらったのだ。

久保島は一応止めた。だけど奈楽は一点の曇りもない目をしていたので、よくわからなくなった。自分の経験が浅いだけで、今は女子に鉄アレイをプレゼントすることが主流なのかもしれない、と思い始めていたほどだ。

苦いコーヒーをずずっと啜《すす》る。

「……まあいいか。もし間違ってたら、また俺がフォローしてやるよ」

「久保島って、本当に頼りがいのある奴だな。これからも、ちょくちょく相談させてくれ」

奈楽はドーナツの砂糖をほっぺたにつけた少年の顔で、にっこりと笑った。

「え、これからも？」

「ああ。俺ひとりで乃愛を口説き落とす自信はないからな」

「それって本格的に、俺は相談役の親友ポジションに昇格…………ってことか？」

「ん？　ああ、光栄に思えよ。人間ごときが、高貴な俺の友達になれるんだからな」

自分は不良キャラだし、奈楽はあまり人付き合いをしないタイプ。だから今回のポジションは、一時的なものだと思っていた。それでもよかった。久保島はたとえ今日だけでも、憧れの相談役気分を味わえたのだから、充分に満足していたのだ。

だけど奈楽は、これからも相談させてほしいと言った。嵐渡乃愛を口説き落とせるまで協力してほしいと。それは甘酸《あまず》っぱい恋物語のレギュラーキャラになれることを示していた。

「青春パワ――――――ッ！」

テンションの上がりきった久保島は、つい立ち上がって両手を掲げた。

「ど、どうした、久保島？」

奈楽が呆気《あっけ》にとられた顔で見る。久保島は咳払《せきばら》いをして、

「ははっ、つい嬉《うれ》しくてな！　ちょっとトイレ行ってくるぜ、相棒！」

いったん離脱することにした。


青春の歯車がひとつ動き始めると、別の歯車まで動くもの。トイレから出て席に戻ろうとした久保島は、フードコートの隅っこで、見知った人物を発見した。

柱の陰でこそこそしている彼女は――――嵐渡乃愛だった。

「なにやってんだ、嵐渡」

「は、はうっ⁉」乃愛はびくっと両肩を震わせて、振り向いた。「あ、く、久保島くん……」

「こんなところで会うなんて奇遇だな。そういやお前、掃除中に倒れて保健室に運ばれたって聞いたけど、もう大丈夫なのか？」

「あ、う、うん。私、昔から貧血でよく倒れることがあって……さっきのもそれだと思う」

乃愛はやけに挙動不審だった。久保島と話しながらも、妙にフードコートの様子を気にしている。

「あ、そうだ。俺いま、奈楽と一緒にドーナツ食べてたんだけど、一緒にどうかな」

乃愛は首をぶんぶんと左右に振った。奈楽が座っている席を一瞥《いちべつ》して、人差し指を自分の唇にそっと当てる。

「あ、あの、じつは私、ずっとここから見てたの。奈楽くんには、私がここにいたこと、内緒にしててほしいんだけど……」

ずっとこの柱の陰から、奈楽の様子を窺《うかが》っていた？　それってつまり……。

青春パワ――――――――ッ！

思わず叫びそうになるのを、必死で自制した。

なんだよこれ、なんだよこれ！　次々と青春ラブコメフラグが立ってるじゃないの！　これだよこれ、俺が求めていたのはこれなんだよ！　ちょっと悪そうな友達とゲーセンやラーメン屋に行くのも楽しいけど、やっぱ高校生には、どきどきする甘酸《あまず》っぱさって必要だよな⁉

テンションの上がった久保島は、矢継ぎ早に問いかけた。

「もしかして、あれか？　嵐渡って奈楽が好きなのか？　なあ？　なあ⁉」

「え、えっと、好きかどうかはわからないけど……でも久保島くんに言われたように、ちゃんと自分で判断しようって思ったの。私、奈楽くんが悪い不良だって思ってたから」

「不良なわけないだろ。奈楽ってめちゃくちゃいい奴だぞ」

「ほ、ほんと？」

「ああ。あいつは少年の心をもっている純粋な奴で――――」

言いながら、フードコートで待たせている奈楽に視線を向けたとき。

甘酸《あまず》っぱい恋愛空間から一転。急に現実に引き戻された。

いかにも悪そうな、ドレッドヘアーとスキンヘッドの二人組が、奈楽に絡《から》んでいた。奈楽はフードコートの椅子に座ったまま、立っている二人組となにか話をしている。距離が離れているため、会話の内容は聞こえてこない。

「えっと……あれは、奈楽の友達、なのかな？」

久保島はそう口にしたものの、そんなわけないと思っている。明らかに険悪な雰囲気だったからだ。ドレッドヘアーは身を乗り出すようにテーブルに手をつき、スキンヘッドは奈楽の隣に座って、乱暴に肩を抱き寄せる。奈楽はとても迷惑そうな顔をしていた。

……まさか奈楽の奴、カツアゲにでもあってるのか？　な、なんだよ、この展開。せっかくの甘酸《あまず》っぱい空間が台無しじゃないか……。

「久保島くん、助けに行こう！」

そこに気弱な印象は欠片《かけら》もない。強い正義感に突き動かされたらしい乃愛は、柱の陰から飛び出そうとした。久保島はその腕を素早く摑《つか》む。

「ま、待てって。まずは、その辺の人に知らせてだな……」

自分が行ったところでなにもできないし。

ちょうどそこで。

ドグシャアッ！

派手な音が、フードコート中に轟《とどろ》く。周囲で食事していた客たちも、一斉に音の出所である奈楽の席を見る。

「……え？」

久保島と乃愛は、きょとんとしていた。信じられない光景だった。

ま、まさか奈楽がスキンヘッドの後頭部を摑んで、そのままテーブルに叩きつけるなんて。しかもその一撃でテーブルを砕くという恐るべき破壊力。もちろんスキンヘッドは昏倒《こんとう》しており、ぴくりとも動かない。

「て、テメェ、なにしやがるんだ⁉」

ドレッドヘアーが怒声を発しながら、奈楽の胸ぐらを摑《つか》み上げる。奈楽はその腕を握り返すと、軽やかな背負い投げをブチかました。

「ぐげっ！」

苦悶《くもん》の声をあげるドレッドヘアー。さらに奈楽は、ドレッドヘアーの口に落ちたドーナツを無理やりねじ込むという鬼畜ぶりを発揮。

「お前らこそ、脆弱《ぜいじゃく》な人間の分際で、《冥王》たるこの俺から金むしろうとするとは、どういう了見だ、ああん⁉」

「ぶもももも！　ば、ばぶばっば、ばぶっばばば（悪かった、悪かったから）！」

「あんまりナメたことしてると、テメェらの魂《タマ》、抜いちまうぞコラァ……⁉」

凶悪な顔つきの男たちに絡《から》まれたのに、まったく怯《ひる》んでいない。それどころか、逆に相手を脅し返す胆力と、謎の強さ。ただの不良キャラの久保島と違い、奈楽は本物だった。

「や、やっぱり奈楽くん、不良だったんだ……」

乃愛は悲しそうな顔で、目を背けるように踵《きびす》を返《かえ》した。

「お、おい、待てよ嵐渡！　奈楽はただ、カツアゲを撃退しただけで……！」

「だってあんなの、ただの悪い人だもん。た、た……タマを抜くなんて、怖い脅し文句まで言っちゃうしさ。もうわかったからいい。私もちり紙だけど、奈楽くんだって、ちり紙だった」

しょんぼりと肩を落として、歩き去ってしまった。

「ああ、くそ！　こんなの、全然甘酸《あまず》っぱくない！　青春じゃない！」

やっとフードコートの店員たちが仲裁に入ったところで、久保島も輪に加わった。

「おい、落ち着け奈楽！」

「ええい離せ！　この愚かな人間には、二度と人様に迷惑をかけねーと誓わせるんだよ！　オラオラ、もっとドーナツ食わせてやろうか？　ああん⁉」

警察沙汰にはならなかったものの、奈楽はずっと憤慨していて、もう楽しい気分には戻れなかった。もちろん久保島は、乃愛がこっそり見ていたことも、カツアゲを撃退した奈楽に愛想《あいそ》を尽かせて帰ってしまったことも切り出せず、悶々《もんもん》としたままシオンモールをあとにした。

せっかく甘酸《あまず》っぱい恋愛空間に浸っていたのに、一瞬で崩れてしまった。がっかりした久保島は奈楽と別れたあと、ひとりで行きつけのゲームセンターに立ち寄り、いつものようにレースゲームでストレス解消を図った。障害物のパトカーに何度自機をぶつけても、気分は晴れなかったが。

「まさか奈楽が、あんなに凶暴な男だったなんて……俺が求めている青春ラブコメの主人公像とは、全然違うぞ。嵐渡が引くのもわかるわ……」

フィクションと違って、現実は難しい。やはり自分は、甘酸《あまず》っぱい恋愛空間に縁がない宿命なのかもしれない。

久保島は肩を落としながら、すっかり暗くなった夜の公園を、ひとり歩く。

すると脇の茂みのほうで、

「あうう、そ、それはワシの大切な財布で……」

「へへーん、ホームレスのくせに金持ってるなんて、生意気っつーか、イキナマ、みたいな？今日はこの金で、アゲていきますかー!?」

髪を茶色に染めた二人の男子高校生が、薄汚れた格好の老人から、財布を巻き上げていた。

……あれって伊具先生が言ってた、ホームレス狩りか？　なんで俺は甘酸《あまず》っぱい恋愛空間じやなくて、激辛な不良空間にばっかり縁があるんだよ……。

ため息をついた久保島は――――もちろん無視して通り過ぎることにした。

俺は空気、空気、空気。

心の中で唱えながら、歩きスマホで気づかないふりをするというケチな技も使う。

しかし今日の久保島は、運が悪かった。

「あっれー？　ひょっとして、そこのマジ卍《まんじ》なオーラ出してる人って、久保島先輩っすか？」

最悪なことに、ホームレスの老人から財布を取り上げていた二人組は、今朝も出会ったウェーイ系の後輩だった。

「あ、ああ。お前ら、こんなところでなにやってんだ？」

久保島は今気づいたふりをする。そしてホームレスのことには、あえて触れない。

「はっ！　こちらの老賢者さんから、財布をいただいたところでありまする！」

それでも本人から告白してきた。

「じいさん、こっち見てちょ。一緒にインスタ撮っちゃおうぜ。はい、レタス」

ウェーイたちは財布を取り上げたホームレスと一緒に、写真撮影を実施した。さすがに久保島は胸糞《むなくそ》が悪くなる。

「あのな、お前ら……」

しかしその声はか細くて、ウェーイのテンションの前では通じない。

「あ、そうだ久保島先輩！　これから俺らのチームのパーティがあるんすよ。女子もいっぱい来るし、先輩もどっすか⁉」

この二人は、リア充《じゅう》軍団「チップス」というチームのメンバーだった。もちろん久保島は、

「いや、いい」

と断ったのだが――今日は本当に運が悪い。

久保島の背後から、第三者の太い腕が巻きついてきた。

「つれねーこと言うなよ。お前には聞きたいこともあるんだ」

振り返ると、夕方にシオンモールで奈楽と揉《も》めたドレッドヘアーの男がそこにいた。

「あ、熱也《ファイヤ》くん、ちーっす」

ウェーイたちがぺこりと頭を下げた。

「紹介しときますよ久保島先輩。この人は高倉熱也《たかくらファイヤ》くん。俺らチップスのリーダーなんすよ」

この凶悪な人相のドレッドヘアーが、チップスのリーダー？

本当に自分は甘酸《あまず》っぱい恋愛空間と縁がないんだなあ、と思う久保島だった。


ドレッドヘアーこと、高倉熱也《ファイヤ》が運転するワゴン車で連れて行かれたのは、神原町《かみはらちょう》のはずれにあるクラブだった。「本日チップス様の貸切《かしきり》」の看板が出された入り口を抜けると、耳をつ

んざく大音量のクラブミュージックが鼓膜を叩《たた》いてくる。フロアでは若い男女たちが音楽に合わせて踊り狂い、隅に置かれたソファー席ではやはり若い男女たちが唇を重ね合わせていた。

あまりにも慣れない雰囲気に臆する久保島は、吹き抜けになっているクラブの二階に通された。少し奥まったところにＶＩＰ用のボックス席があり、チップスリーダーの熱也《ファイヤ》が上座にどっかりと腰掛ける。その隣にウェーイ二人も座り、久保島は一番下座だった。

「なんか飲むか？」

「い、いいえ……」

熱也《ファイヤ》の申し出をやんわり断る。ウェーイな後輩たちは、生意気にもカクテルを注文した。この店は熱也《ファイヤ》がオーナーなので、いろいろと融通が効くらしい。

「俺が話したいことは、わかんだろ？　夕方、シオンモールで俺と揉《も》めたガキのことだ。あいつの名前と連絡先を教えろ」

「え、えと。それを知ってどうするつもりで……」

タバコに火をつけた熱也《ファイヤ》が、煙を吐き出してから言った。

「ブチ殺すに決まってんだろ」

隣のウェーイが大げさに喜ぶ。

「やばー！　また熱也《ファイヤ》くんの公開処刑が見られるんすか⁉　アガるぅっ！」

「あ、あの……」久保島はおそるおそる口を開いた。「俺、あいつの連絡先、知らないんですけど……」

それは本当のことだが、もちろん熱也《ファイヤ》はそんなことで退いたりしない。

「じゃ、明日にでも呼び出してくれたらいいや。同じ学校なんだろ？」

「うっひょー！　これは祭りの予感っす！　動画用のストレージ確保しとこっと！」

ウェーイたちが騒ぐ傍《そば》で、久保島はずっとうつむいたままだった。

……俺、なんでこんなことになってんだろ。青春ラブコメの登場人物になりたくて、主人公に相談される脇役の親友ポジションを目指していたはずなのに。

いつの間にか不良キャラが定着して、甘酸《あまず》っぱい恋愛空間とは程遠い生活を送ることになって、挙げ句の果てには、こんな激辛の不良空間にまで連れてこられて……一体どこで間違ったんだろうか。

「なあ、黙ってないで、なんとか言えよ。ひょっとしてあれか？　友達を売るような真似《まね》はしたくないってか？　安心しろよ。お前の名前は出さねーからさ」

「い、いや、友達っていうか、あいつとは今日話したばっかりで――」

そこまで言って、久保島は慌てて自分の口を塞いだ。

ちょっと待て。待て待て待て。俺、今なにを言おうとした？

久保島が憧れていたのは、恋愛相談される脇役の親友キャラ。キャラってなんだろう。本当の友達ではないということか。

——違う。奈楽も自分も、架空の舞台に出てくる登場人物ではない。現実の存在だ。そんな奈楽からは、友達だと言われた。それはフィクションの枠を超えて、本当の友達になったということだ。

……それなのに俺は、都合のいいときだけ、なに言い訳しようとしてるんだ……！

「どしたんすか、久保島さん？」

黙っている久保島を見て、ウェーイたちが首をかしげる。

熱也《ファイヤ》はブランデーをあおったあと、にやりと口元を歪《ゆが》めた。

「お前さ、こいつらから最凶の不良だって聞いてたけど、じつはそうでもないんじゃね？　なんつーか……いじめられっ子特有の匂いが、するんだよな」

見抜かれていた。さすがはチップスを束ねるリーダーだけある。

久保島はあくまで不良キャラであって、不良ではない。本当はケンカなんて一度もしたことがないし、カツアゲやホームレス狩りを止める勇気だってない。悪そうな連中が集まるクラブに連れてこられてからは体の震えが止まらないし、さっきは恐怖のあまり、奈楽は友達じゃないとさえ言いそうになった。

「それで、どうなんだよ？　お前、不良のフリしてるだけで、実際はただのいじめられっ子なんだろ？　正直に言わねーと、いじめるぞコラ？」

熱也《ファイヤ》は薄ら笑いを浮かべて、タバコの煙を吹きかけてきた。

……ダサい。ダサいぞ俺。

周りの勘違いを訂正できず、不良キャラに落ち着いたことがではない。じつはそれも悪くないと思っていたくせに、中身は中学時代と変わらない、気弱な男のままでいたことがだ。

「え、やっぱ、マジなんすか久保島先輩？　マジでそれ、ただのキャラだったんすか？」

ウェーイたちが薄ら笑いを浮かべるなか、久保島はうつむいたまま、ぽつりと言った。

「――ひとつ聞きたい」

「はい？」

「お前ら、普段からホームレスの財布を巻き上げたりしているのか？」

答えたのは、ブランデーを口にした熱也《ファイヤ》だった。

「ああ。ストレスが溜《た》まったとき、ボコるついでにな。意外と小遣い稼ぎにもなるんだぜ。あいつら割と金持ってるからよ」

「――クズだな」

久保島のその声は、小さくても、明確な意志が込められていた。

熱也《ファイヤ》からは、不良のフリをしていたことを認めろと言われた。きっと正直に言わないと、ひどい目に合わされる。だけど、それでもいい。今まで否定してこなかったくせに、都合のいいときだけ言い訳するほうが遥《はる》かにダサい。

「……おい、お前いま、なんつった？」

熱也《ファイヤ》がヤクザ並みの怖い顔で睨《にら》みつけてくる。久保島はそれを真っ向から受け止めた。

――さあ、神原《かみはら》高校最凶の不良キャラを見せてやる。

「お前らチップスは、クズだって言ったんだよ。それとさっき、俺の友達を呼び出せって言ったよな。バカかお前？　俺がそんなことするわけねーだろ」

「ああん⁉」

熱也《ファイヤ》はテーブル上のグラスを派手に払いのけて、身をぐいっと乗り出してきた。

「テメェ、いじめられっ子のくせに、調子こいてんじゃねーぞコラァ？」

「誰のことだ？　俺は神原《かみはら》高校最凶の不良、パトカーキラーの久保島純平だ。ちょうどさっきも潰してきたところだし、テメェらチップスもここで潰してやろうか？」

「面白いこと言うなオイ……」

熱也《ファイヤ》の両脇にいたウェーイたちが、久保島をなだめにかかる。

「く、久保島先輩、落ち着いてくださいよ……」

「うるせぇ！　俺はテメェらにもキレてんだよ！　普段からつまんねーカツアゲとか、ホームレス狩りとかしやがって！　そんなに金が欲しいなら、テメェらの内臓ズル出して売り飛ばしてやんぞコラァッ⁉」

「ひ、ひっ、す、すいません……」

　萎縮したウェーイたちに、熱也《ファイヤ》が割り込む。

「びびってんじゃねーよ！　どうせこいつは、ハッタリ野郎なんだ！　俺の処刑フルコースを食らわしてやっから覚悟しやがれ！」

「やってみろ」久保島は静かに告げた。「俺は暴力が嫌いだ。だから最後の情けで抵抗はしねーでおいてやる。ただし、俺の下にいる連中はどう出るか知らねーからな。神原町《かみはらちょう》に住めなくなる覚悟があるなら、好きにしろ」

　腕を組んで、ソファーの上にあぐらをかいた。そこまでが限界。口の中はカラカラに乾き、もうこれ以上言葉は出そうにない。腕を組んだのも、身の震えを無理やり抑え込むためだ。

「……上等だ。おいテメェら、誰かに車を回させろ。港に連れて行って、こいつ沈めんぞ」

　ウェーイたちは躊躇《ちゅうちょ》していたが、熱也《ファイヤ》に睨《にら》まれると逆らえないらしい。やがてスマートフォンでどこかに連絡を取り始めた。

　……これでいい。言うだけのことは言ってやった。なんでも見て見ぬ振りをしてきた偽《にせ》不良の俺だけど、最後は少しくらい勇気が出せたんじゃないのか。あとはどうにでもしてくれ。

　久保島が両目を閉じて、処刑の訪れを待っていると――。

「ナラク様！　どうして私を置いて先に行かれるのです⁉」

そんな声が聞こえた。

振り向いた久保島は、驚きのあまり、さらに両目を見開くことになる。

全身を黒い甲冑《かっちゅう》で覆った謎の人物が、久保島たちのいるクラブの二階に駆け上がってきたのだ。それだけでも驚きだが、甲冑《かっちゅう》が話しかけていたのも意外すぎる人物。

「ああ、悪い」

奈楽将吾。いつの間にか彼もクラブの二階にいて、少し離れた場所から久保島たちのボックス席を眺めていた。


「え、な、奈楽……？」

久保島は驚きのあまり、それ以上は声が出ない。

奈楽と全身甲冑《かっちゅう》の男は、気にせず会話を続ける。

「ここで正解だったみたいだぞ。さっき久保島が、そいつらから聞き出していた」

「やはりそうでしたか。私も調べた甲斐《かい》がありましたな」

全身甲冑《かっちゅう》の男の声は、どこか聞き覚えがあった。雰囲気からして奈楽と親しい様子だが。

「おいテメェ！　そんな格好で店に入るんじゃねぇって言ったろ！」

蝶《ちょう》ネクタイの店員が二階に駆け上がってきた。熱也《ファイヤ》がそれを手で制して言う。

「誰だお前ら？　このクラブは俺の店で、コスプレ大会の会場じゃねーんだぞ」

奈楽が一歩前に出る。

「ああ、ホームレス狩りとやらの巣窟《そうくつ》らしいな。しかもその首謀者が、まさか夕方に俺に絡《から》んできたお前だったとは、驚きだぜ」

「ほう」熱也《ファイヤ》は蝶《ちょう》ネクタイの店員に向き直った。「おい、下にいるチップスのメンバー全員に伝えろ。この面白い客をブチのめして摘《つま》み出《だ》せってな」

頷《うなず》いた蝶《ちょう》ネクタイの店員は、慌てて下に降りていく。「お前ら、集合だ！」

奈楽は全身甲冑《かっちゅう》の男に告げた。

「お前も死刻魔団《しこくまだん》の恐ろしさを見せてやれ。殺さない程度にな」

「御意でございます」

甲冑《かっちゅう》の男は重厚な装《よそお》いにも拘《かかわ》らず、軽やかな身のこなしで、吹き抜け部分から一階に飛び降りる。そして階下から、壮絶な乱闘の音が聞こえてきた。

熱也《ファイヤ》はブランデーボトルを手にして、ソファーから立ち上がった。

「テメェには報復しようと思ってたところなんだ。そっちから来てくれるとは助かるぜ」

「そうか。だったら遠慮はいらねーな。ほら、かかってこいよ」

奈楽に挑発的な目を向けられた熱也《ファイヤ》が、ブランデーのボトルを片手に飛びかかる。その凶器を振り下ろす前に。

「うらああああああああああああああああッ！」

カウンター気味に、奈楽の拳が炸裂《さくれつ》。その一撃で熱也《ファイヤ》は階下まで吹っ飛んでいった。

「ふぁ、熱也《ファイヤ》くん⁉」ウェーイたちは狼狽《ろうばい》しながら階段を降りていく。「や、やべーよ、久保島先輩の下にいる人、キレさせちまったら……！」

残った奈楽は、にっこり笑いながら久保島に近づいた。相変わらずの少年のような顔で。

「よう、久保島。驚かせちまったな」

「な、なんで、お前がここに……？」

久保島はようやくそれだけ絞り出した。

「ホームレス狩りを掃除しにきたんだよ」

「掃除って、なんで……？」

「学校でホームレス狩りの話を聞いてから、イグレ……いや、俺の部下に調べさせたんだ。チップスって奴らの仕業なのはすぐにわかったんだけど、とぼけられたらどうしようって思っててな。そしたらまさかのお前が、先に連中のアジトに乗り込んでいて、アタマの口からホームレス狩りを自供させてるんだもんな。だからお前には感謝してるよ」

「部下……？」

奈楽は答える代わりに、吹き抜け部分から階下を見た。久保島もつられて見ると、全身甲《かっ》青《ちゅう》の男がチップスの男たちを四、五人まとめて、吊《つ》るし上《あ》げているところだった。

「ナラク様！　こいつらも犯行グループの一味だと自供しましたぞ！」

「よし。ホームレスたちから奪った金をむしり取ってやれ」

どうも久保島は、甲冑《かっちゅう》の男の声が担任の伊具に思えてならない。でもまさか、そんなはずはないだろうと思い直す。

「ちょっと待ってくれ」久保島は奈楽に向き直った。「俺が聞きたいのは、そんなことじゃないんだ。なんでお前が、わざわざホームレス狩りを潰しにきたのかってことだよ。だって奈楽には関係ないことだろ……？」

「ははっ、なんだ、そんなことか」

奈楽はＶＩＰのソファー席にどっかりと腰を下ろした。そして足を組んで続ける。

「俺がこの町にいる以上、ここは暫定的な俺の領地であり、そこに住む者はホームレスだろうと誰だろうと、みんな俺の領民だ。領民を守るのは、領主である俺の務めだろ」

まるで冗談に聞こえない。ソファーにふんぞり返る奈楽は、謎の威厳に満ちていた。

な、なんかこいつ、めちゃくちゃかっこいいぞ………⁉

「それにしても久保島。熱也《ファイヤ》とかいう奴に啖呵《たんか》を切ったときのお前、かっこよかったぞ。あの状況で自分から手を出さないなんて、本当に強い奴にしかできないことだぜ」

「い、いや、そんな……」

かっこいいのはお前だろ。俺はただ、ずっと逃げ続けていただけだから。

そう思った久保島だが、認めてもらえたことは素直に嬉《うれ》しかった。

「これからも俺の友人として、乃愛を口説き落とす協力を期待するぞ」

「は、はっ！　あ、ありがたき幸せ！」

本当に領主っぽい奈楽の前で、ついそんな言葉が出てしまう久保島だった。

◇　　　◇　　　◇

翌日の放課後。

久保島はホームレスたちの財布を持って、公園にやってきた。奈楽に脅されたチップスのメンバーが、奪ったそれを久保島に渡してきたのだ。もう二度としません、と謝りながら。

あの一件で心を入れ替えたのは、チップスのメンバーだけではない。

ふと、公園の脇で中学生のカツアゲをしている神原《かみはら》高校の生徒たちを見かけた。

久保島は臆することなく近づいていく。そして。

「カツアゲはやめろ。それ以上するなら、アリゾナの刑務所で生まれたこの俺が許さん」

「ひ、ひっ！　く、久保島さん……すいませんでした！」

中学生を解放して、そそくさと退散していった。

これでいい。流されるまま定着してしまった不良キャラだけど、それならせめて誰かの力になれる不良キャラになろう。領民のため、とよくわからない理屈でホームレス狩りを阻止した奈楽を見て、久保島はそう思ったのだ。

奈楽のようにケンカは強くないけど、自分にもできることはある。それは、見て見ぬ振りをしないこと。たったそれだけのことでいいのだ。幸か不幸か「チップスは久保島の逆鱗《げきりん》に触れたから壊滅した」なんて危険な伝説が、またひとつ生まれたわけだし。

……別に不良扱いされようが、上等だよ。それに俺には————、

「おーい、久保島！」

後ろから奈楽が、大きく手を振って駆けてきた。その隣には、なぜかまゆりもいる。

————それに俺には、新しい友達もできたんだから。

「財布の返却、任せちまって悪いな。俺、これからティッシュ配りのバイトなんだよ」

「別にいいよ。てか奈楽、俺がこの金を持ち逃げするとか、考えないわけ？」

奈楽は腕を組んで「うーん」と考えたあと、

「だってお前、そんなことするキャラじゃねーだろ？」

「…………はは。違いない」

久保島は不良キャラであって、不良ではないのだから。

奈楽は「じゃあ」と言って、公園の出口のほうに歩いていった。奈楽と一緒にいたまゆりは

一度立ち止まって、久保島に振り返る。

「先輩。今度二人で、ゆっくりお話しましょうね」

にっこり笑って、またハイタッチを要求してきた。久保島がそれに応じると、「ばいばーい」と元気よく手を振って、奈楽を追いかけていく。

……まゆりちゃん、やっぱりかわいいな。奈楽とどんな関係なんだろ。

なぜか妙に気になる久保島だった。


昨夜ウェーイたちに襲撃された老人を見つけて財布を渡す。その老人は信じられないといった顔で、それを受け取った。

「おお……まさかワシの全財産を取り戻してくれるとは……なんと礼を言えばいいか……」

「いや、取り返したのは俺じゃなくて、友達の奈楽っていう奴なんだよ。ほかの人たちの財布も預かってるんだけど」

老人が被害にあったホームレス仲間を呼んでくれたので、久保島は彼らにも財布を返していった。所有者がわからないものは、このまま警察に届けることにする。

何度も礼を言われながら、公園を出ようとしたところで。

「久保島くん」

また声をかけられた。振り返ると今度は、乃愛だった。昨日みたいに、奈楽のあとをつけていたのだろうか。

「いまの話、本当……？」

「え、なにが？」

「その……奈楽くんが、ホームレス狩りをやっつけたっていう話」

まずい、聞かれてしまったらしい。乃愛は奈楽が不良だと思って毛嫌いしている。そのうえまた新しい暴力的エピソードを知られてしまったら、さらに関係が悪化することに——。

「い、いや、まあ確かに、奈楽はちょっと乱暴なところがあるけど、他人のために体を張れる優しい奴で……」

乃愛は久保島の言葉が耳に届いていない様子だった。うつむいたまま、

「——それって、本物の勇者だ」

あれ？　これってまさか……？

上気する乃愛の表情は、完全に恋に落ちたことを物語っていた。

第四話「勇者のゲーム」

「ナラク様って、久保島《くぼじま》先輩と友達になったんですか？」

昼休み。神原《かみはら》高校の屋上で、マユリタがそう言ってきた。

「ああ。これからは俺と乃《の》愛《あ》の関係を取り持ってくれるらしい」

まさかこの俺に、人間の友達ができるなんて思ってもみなかったけどな。今度セミ捕りってやつに誘ってみようかな。あ、今の季節だといないんだっけか。

「久保島先輩って、たった二分で千人を倒せるって言ってた実力者ですよ。ただの人間じゃないと思うんですけど」

「だろうな。きっと奴は、この世界で最強の人間だ。それもまた、頼もしいじゃないか。死《し》刻《こく》魔《ま》団《だん》に欲しいくらいだぜ」

「でも危険な敵になる可能性もありますよね。やっぱり私が始末しておきましょうか？　最強の人間ってどれほど強いのか、すごく興味あるんですよねー」

マユリタは邪悪に笑って、右手に小さい炎を出した。

「だめだ。余計な人間を殺すことは許さん。それに久保島は俺の友達だぞ」

脇のイグレシオも同意する。

「ナラク様のおっしゃるとおりだ。貴様はすぐに無駄な殺しや破壊行為を提案するが、我々の目的は次期勇者だけを始末すること。それを忘れるな」

先日チップスのアジトに乗り込んだとき、マユリタに声をかけなかったのもそれが理由。こいつを連れて行ったら、連中のアジトごと灰にしていたと思うし。

殺人衝動を咎《とが》められたマユリタは、ふてくされたように唇を尖《とが》らせた。

「はいはい、わかりましたよ。で、ナラク様は、嵐渡乃愛《あらしど》と少しは仲良くなれたんですか？」

俺は首を左右に振る。残念ながら乃愛との関係はまったく進展していない。相変わらず俺が話しかけても無視されるし。それどころか今日なんて、近づいただけで逃げられちまったくらいだ。一昨日シオンモールで買ったプレゼント（鉄アレイ）も、まだ渡せてない。

「ずいぶん嫌われたもんだぜ……誰かに避けられるって、案外ダメージあるんだな」

ついため息が出てしまった。マユリタが意地悪な笑みを見せる。

「もしかして、嵐渡乃愛に嫌われてることに本気で凹《へこ》んでます？」

「なわけあるか！　任務に支障が出てることに凹《へこ》んでるんだよ！」

「本当ですかねー？　まあ、さすがに本気で勇者を好きにはならないと思いますけど、ナラク様は童貞だし、恋愛経験もありませんからね。間違いだけは起こさないでくださいよ」

「だから、ありえねーっての！」

イグレシオが口を挟んだ。

「そこで提案なのですが。私も調べたところ、どうもこの世界の人間は、スマホで連絡を取り合って親密な関係を築くそうです。つまりナラク様がまずやるべきことは、嵐渡乃愛の連絡先を聞き出すことではないかと」

スマホ……ああ、あの板か。こっちの世界に来たとき、一応イグレシオから渡されたけど、ほとんど使ってない。離れている奴と連絡を取れるのは便利だけど、登録してある連絡先はイグレシオとマユリタだけだし、どうせこいつらとは毎日顔を合わせるわけだしな。

「私も結構、クラスの友達と連絡取ってますよ」

マユリタが自分のスマホをふりふりと見せつけた。

「お前、使いこなしてんのかよ⁉」

「はい。てかナラク様、嵐渡乃愛と恋仲になりたいなら、連絡先の交換くらい常識ですよ」

「むう……交換って言っても、一体どう切り出せばいいんだ」

俺は乃愛に避けられている。それなのに、いきなり「連絡先教えて」って言うのは、断られる可能性大じゃないのか。だいたいナンパしてるみたいで、ちょっと嫌だぞ。

「そういうときこそ、久保島先輩を使えばいいんでしょ」

「久保島か……そういや奴の連絡先も知らねーな」

ちょうどそこへ。

「お、いたいた！　おい奈楽《ならく》――って、あれ？　またまゆりちゃんと一緒なのかよ」

久保島が屋上にやってきた。

イグレシオは無表情で鼻を鳴らし、マユリタは柔らかい笑顔で軽く手を振る。

「どうした？　なんか用事か？」

俺が一歩前に出ると、久保島はまゆりをちらちら見ながら言った。

「ああ、ええと、今日の放課後空いてるなら、嵐渡の家に遊びに行かないか？」

「乃愛の家に……だと？」

◇　◇　◇

時間は十五分ほどさかのぼる。

久保島純平《じゅんぺい》は食堂で少し悪そうな友人たちと昼食をとった帰り道、中庭のベンチでひとり、スマートフォンをいじっている乃愛を見かけた。

「よっ、なにやってんだ、嵐渡？」

ためらうことなく、声をかける。

「はわわっ!?　ごご、ごめんなさいごめんなさい！　ソシャゲに重課金しちゃう私は、ちり紙でした！」

「ははっ、嵐渡も課金するタイプか。じつは俺もなんだよな」

周りの友人たちは、「なんで嵐渡に声かけるんだよ？」と訝《いぶか》しい顔をしている。久保島はもう気にしない。嵐渡乃愛はヤクザの娘だけど、悪事を嫌い、少し自己評価が低いだけの、普通の女の子だとわかったからだ。

それに昨日から、久保島の青春センサーが強く反応しているわけで。

友人たちは先に教室に戻っていった。残った久保島は乃愛の隣に腰を下ろす。

「え？　あ、あの、わ、私になにか用事、かな……？」

戸惑う乃愛に「用事ってほどじゃないけど」と前置きしてから、告げた。

「あのさ、昨日は聞きそびれたけど、嵐渡って奈楽のこと好きなのか？」

「ええっ⁉」いきなり切り出された乃愛は頬を真っ赤にして、「な、なんで、そう思うの？」

「だって昨日の嵐渡、完全に恋に落ちた女子の目だったからさ」

「あ、あわわ……」

乃愛はしばらく黙っていたが、やがて恥ずかしそうな顔で――、
こくりと頷《うなず》いた。

青春パワ――――――ッ！

叫びそうになるのを必死でこらえた。久保島が思うに、おそらく奈楽も乃愛が好き。つまり二人は両想《りょうおも》いということになる。

「そういうことなら早く言えよ。奈楽の親友の俺が相談に乗るぜ。こう見えても俺って、恋愛経験は豊富だからな（青春系作品の読書量のこと）」

「え、そ、その、私って友達いないし、そう言ってくれるのは嬉《うれ》しいけど……でも、だめだと思う」

乃愛は少しずつ語り始めた。一度は付き合ってほしいと言ってしまったこと。そのあと奈楽とケンカして、やっぱり付き合えないと言ってしまったこと。

「最初に付き合ってって言ったのは、勢いというか、場の雰囲気というか……奈楽くんが、私の好きなゲームの勇者に似てたって部分が大きくて……」

「でも今は、本気で好きなんだろ？」

乃愛はまた黙って、こくりと頷《うなず》いた。

とても乙女な反応だった。これこそ久保島が求めていたヒロイン像だ。

「だったら、正直に言えばいいじゃないか。最初は勢いだったけど、今は本気ですって」

「そ、そんな、いきなり言えるわけないよ……」

「じゃあ段階を踏んでいこうぜ。まずは普通の友達から始めたらいいんだ」

「だ、だって一回、付き合ってくださいって、言っちゃったんだよ……？」

だから乃愛は余計に奈楽の顔を見られなくなり、話しかけられても無視どころか、つい逃げ出してしまうのだそうだ。

「でもそれは、勢いで言っただけだから無効だろ。笑い話にすればいいんだよ」

「そ、そんなことで、友達になれるのかな……」

「大丈夫だって。俺がうまくフォローしてやるからさ。なにしろ俺は、恋愛マスターだぜ？」

「なんか……久保島くんって、頼りになる……！」

乃愛は遠慮がちに笑ったあと、また肩を落とした。

「あのね、もう久保島くんだから言うけどさ。ほかにも気になることがあるの」

「なんだ？」

「一年生の鈴木《すずき》まゆりちゃんって知ってるかな。彼女、よく奈楽くんと一緒にいるし、もしかして二人は付き合ってるのかも、なんて考えたりして……」

それは久保島も気になっていた。

以前まゆりは、奈楽とはそういう関係じゃないと言っていた。奈楽に対して殺人衝動を抑えるのに必死だと。殺人衝動うんぬんはともかく、付き合っていないというのは本当だろうか。

なぜかまゆりのことを考えると、久保島も少し胸が痛くなる。

……これってもしかして、俺もまゆりちゃんが……？

かぶりを振って、その考えを消した。自分はあくまで脇役の相談係で、恋愛をする役割ではないのだ。

「俺、まゆりちゃんに直接聞いたことがあるけど、奈楽とはそんな関係じゃないらしい」

「え、ほ、ほんとに？」

「ああ。だからそこは心配いらない。あとはなんとか、嵐渡が奈楽ともう一度話すきっかけを作れたらいいんだけど」

「でも私、奈楽くんとはまだ、ケンカしたままで仲直りもしてないし……パパはまた奈楽くんを家に連れてこいって言ってるんだけど、それも切り出せなくて……」

「あ、だったら簡単じゃないか。俺が奈楽を連れて、嵐渡の家に遊びに行ってやるよ。あとは俺がうまくやるからさ」

「え、そ、そんな、甘えちゃっていいの？　久保島くんって、本当に頼りになる……！」

ヤクザの家に遊びに行くのは少し怖いけど、これも相談役ポジションの務めだ。それをきっかけに、奈楽と乃愛が仲良くなってくれたら御の字である。

「よし！　じゃあさっそく、奈楽の予定を聞いてくるわ！」

◇　　◇　　◇

放課後。俺は久保島の誘いを受けて、乃愛の家に遊びに行くことになった。

本当は今日もティッシュ配りのバイトがあるんだけど、さすがにそれどころじゃない。嫌われちまった乃愛ともう一回接近するチャンスだからだ。

俺、久保島、そして乃愛の三人で、嵐渡組のデカい門を抜けて、石畳の両脇に整列した黒スーツたちの間を歩いていく。久保島はやけにビビっていた。確かに統率の取れた軍団だけど、俺の死刻魔団《しこくまだん》だって負けてないんだからな。

広い庭を抜けて、巨大な日本家屋に入る。組長の勘蔵《かんぞう》の部屋で挨拶をしてから、乃愛の部屋にやってきた。ちなみに久保島は、勘蔵に会ったときもかなりビビっていた。

乃愛の部屋は庭の逆側、道路に面した二階にあった。絨毯《じゅうたん》とかベッドとか、全体的にピンク色で統一されたかわいらしい部屋だけど、壁に物騒な鎧《よろい》を身につけた勇者っぽい人間のポスターを貼ってあるところが、かなり気に食わない。

「あ、あの、なにか飲み物持ってくるね……」

乃愛が一旦退室した。あいつはここに来るまで、俺とほとんど話さないばかりか、目も合わせようとしなかった。くそが。

適当に座った久保島が、両足を投げ出して息をついた。

「はあ、緊張した……奈楽ってすげーよな。嵐渡組の組長とも普通に話してたし、なんか気に入られてるみたいだったしさ」

「俺も勘蔵も、おたがい組織を率いる立場だからな。俺も勘蔵には好感があるぞ」

「死刻魔団《しこくまだん》、とか言ってたっけ。どうせあの甲冑《かっちゅう》の人とかと一緒に、コスプレで遊ぶグループなんだろうけど……あ、そういや、あれから一部のチップスメンバーもその死刻魔団《しこくまだん》を名乗って、街の清掃とか始めたみたいだぞ。知ってたか？」

「ああ」

昨日、何人かのチップスの連中が、入団の打診をしてきたんだ。人間は戦力にはならねーから街の掃除でもしてろって言ってやった。どうやら素直に従ってるみたいだし、俺の死刻魔団《しこくまだん》はこっちの世界でも着実に勢力を伸ばしつつあるようだ。ふふふ……。

「あれ、奈楽。それって、もしかして？」

久保島が指差したのは、俺がカバンから取り出したプレゼント用の箱だ。

「ああ、乃愛にくれてやるやつだよ。渡すタイミングはわかんねーから、任せていいか？」

久保島は満面の笑みで、親指を立ててくれた。本当にこいつは頼りになる男だ。

「あ、あの、お待たせ……」

ちょうどそこで、乃愛《のあ》が戻ってきた。三人分のコーヒーをテーブルに並べていく。俺、本当は牛乳がいいんだけど、せっかくの施しなんで、ありがたく頂戴することにした。

久保島が、隣に座った乃愛を肘でつつく。

「嵐渡、あれ言っとけ」

「あ、う、うん……」乃愛は今日初めて、俺をまっすぐに見つめた。「あ、あのね、奈楽くん」

「なんだよ？」

「その……前に付き合ってって言っちゃったけど、あれ違うから」

「――――は？」

「え、えっと、あれはつい勢いで言っちゃっただけで、本当の好きじゃなかったの」

……なにこれ？　俺一体、なんでこんな話されてんの？

「そ、その、なんか勘違いさせて、本当にごめんなさい！　ちり紙でごめんなさい！」

ぺこぺこと謝る乃愛を尻目に、久保島がにこやかな笑顔で、俺の肩をぽんと叩《たた》いた。

「だから嵐渡は、お前と普通の友達になりたかっただけで、付き合うとかじゃないんだとさ」

「…………なるほど。そういうことか」

乃愛は最初、俺と恋仲になりたがっていると思ってたけど、違った。全部俺の勘違いだったんだな。そりゃ馴《な》れ馴《な》れしく話しかけても、避けられるわな……。

それにしても、なんなんだこの謎の敗北感は……！　なんかすげー、もやもやする……！

「あれれ？　奈楽、その箱はなんんだ？」

久保島が少々わざとらしく、俺の傍《そば》に置いていたプレゼントを指さした。

このタイミングでいいんだな、久保島……？

俺は箱を差し出しながら言った。

「乃愛のために買ったプレゼントだ」

「え、うそ……？　奈楽くんが、わ、私に？　開けても……いい？」

頷《うなず》く。受け取った乃愛は、嬉《うれ》しそうな顔で包装された箱を開封した。

中身の鉄アレイを見て、喜びのあまり騒ぎまくるかと思いきや。

「…………」

無言だった。

「うお!?　それって鉄アレイじゃないか！」かなり演技臭いけど、久保島が場を盛り上げようとする。「よかったな嵐渡！　お前、体弱いし、鍛えるのにちょうどいいじゃん！」

「……そうだね。鍛えるね」

乃愛はなんだか、がっかりしているようにも見える。でもこれはきっと、俺のかっこいいプレゼントに圧倒されてるんだろう。これで少しは好感度アップを図れたな。

そこから会話はほとんどなく、俺たち三人は静かにコーヒーをすすり続けた。

「そうだ。奈楽くんって、前に勇者が嫌いって言ってたよね？」

あまりにも会話が弾まないことを気にしてか、乃愛がそんなことを切り出した。

もちろん俺の答えは変わらない。「ああ」と頷《うなず》く。

「たぶんその理由って、奈楽くんが勇者のことをあまり知らないからだと思うの」

いや、めちゃくちゃ知ってるけど。この世界の誰よりもな。

「だからね、ちょっとこのゲームをやってもらいたいんだ」

ゲーム？

その存在自体は、俺も書籍で読んで知っているけど、さわったことはない。乃愛はでっかいテレビの下にあった黒い機械のスイッチを入れた。しばらくしてから。

壮大な音楽とともに、『ブレイブ・オブ・ドラゴニア9』と読めるタイトルが、テレビ画面に浮かんだ。

「うおおお、なんだよこれ⁉　なんだよこれ⁉　なんか、めちゃくちゃかっこいいぞ！」

「えっ、お前、『ブレドラ』知らないのかよ？　だいぶ長いシリーズなのに」

と久保島。乃愛は控えめに笑った。

「やっぱりね。勇者を悪人呼ばわりするなんて、ずっとおかしいと思ってたんだ。このゲームをやってもらえたら、勇者がどれだけ正義の人かわかってもらえると思うの」

「だから、なんなんだこれは？」

「勇者が魔王を倒しにいく、ＲＰＧだよ」

「ああ⁉」

勇者が魔王様を……倒しにいくだと？　乃愛の野郎、そんな危険なゲームを、あろうことか魔王軍六神将の一角、このナラク・ルシール・ローゼンバイヤーにやらせるつもりか……⁉

「きっ、危険だ！　こんな危険思想のゲームは、粉々に砕いてやる！」

「お、おい、奈楽どうしたんだよ⁉　落ち着け！」

ゲーム機に飛びかかろうとした俺を、久保島が押さえ込んだ。そして耳打ちしてくる。「そんな真似《まね》したら、嵐渡に嫌われるどころじゃないぞ……！」

ふと乃愛を見た。口元を押さえて、両目いっぱいに涙を溜《た》めている。

「奈楽くん……そんなに、このゲームをすることが、嫌……？」

い、いかん、せっかく鉄アレイで上げた好感度が落ちてしまう……！

ちくしょう、任務のためにも、ここはやるしかないのか、魔王様……。

乃愛からコントローラを受け取って、その『ブレイブ・オブ・ドラゴニア9』とやらで遊ぶことになった。言っとくけど、しぶしぶだからな。断じてゲームに興味があったわけじゃないからな。

「このゲームはね、往年のRPGの雰囲気を残しつつ、アクション要素も取り入れた人気のシリーズなんだ。とくにこの『ブレドラ9』はシリーズ最高傑作って言われてるんだよ」

乃愛がにこにこ顔で説明してくるけど、よくわからん俺は「へえ」と答えるしかない。

──あなたの名前を入力してください──

本編が始まる前に、そんなメッセージが画面に表示された。乃愛から、自分の名前を入れるべきだって言われたんで、慣れない日本語に悪戦苦闘しながら、「ナラク」と入力した。

すると画面が切り替わって、どこかの城の謁見の間のような場面になった。

国王「よくぞ来た、勇者ナラクよ！」

「殺すぞコラァァァァッ⁉」

コントローラを握り潰しそうになった。久保島がきょとんとした顔を向ける。

「お、おい、どうしたんだよ、勇者ナラク？」

「お前まで勇者って呼ぶんじゃねぇッ！」

「奈楽くん、やっぱりこのゲーム、やりたくないのかな……？」

乃愛は両目いっぱいに涙を溜《た》めている。

くっ、卑怯《ひきょう》な顔しやがって……！　わかったわかった、やればいいんだろ……！　これはゲーム、あくまでゲームなんだ……！

自分にそう言い聞かせて、怒りを抑えながらプレイを再開した。

国王を名乗る偉そうなクソジジイの話が終わったら、自由に行動できるようになった。コントローラの操作に合わせて、画面内のキャラ（勇者ナラクだ。くそが）も動く。

「おおお、なんかすげーな……」

久保島は「どこに感動してんだよ」なんて言ってきたけど、しかたねーだろ。こんな娯楽、ゼルファリアにはないんだから。

城下町の外に出たら、獣型のモンスターがたくさん徘徊《はいかい》していた。

どいつもこいつも、ゼルファリアで俺たち魔王軍が飼い慣らしていた種族に似てやがる。誰が作ったゲームか知らねーけど、よく勉強してるな。

「あとはモンスターに近づいて、攻撃ボタンを押してね。モンスターを倒してレベルを上げたり、装備を整えたりして主人公を強化していくのが、RPGの基本なの」

乃愛が隣であれこれ指示してくる。もちろん俺は――――攻撃しない。棒立ちの勇者ナラクは敵からタコ殴りにされて、あっさり死亡。ゲームオーバーになった。

「なんで動かないの!?」

「魔王様が飼い慣らしているモンスターを攻撃するなんて、あってはならないことだ」

「そんなこと言ってたら、ゲームにならないよ！　もう貸して！」

乃愛は俺から強引にコントローラを取り上げた。

「あ、ちょっと待てよ。今度はちゃんとやるから……！」

無理やりコントローラを奪い返して、最初からやり直すことにした。

二十分後――。

「奈楽くん、お金も貯《た》まってきたし、一旦街に戻って武器を買い換えたほうがいいよ」
「えー、勇者のために、金を使わなきゃならねーのかよ。まったく……」

四十分後――。

「すごいすごい！　なんでそのモンスターの弱点がわかったの⁉」
「昔、似たような奴に制裁をくれてやったことがあるしな。弱点なんてお見通しだっての」

一時間後――。

「レアな武器が手に入ったね！　さっそく装備しようよ！」
「ふーむ、攻撃力＋20か。しゃーねーな、脆弱《ぜいじゃく》な勇者にくれてやるよ、ほら」

二時間後――。

「うわあ！　麻痺《まひ》攻撃が得意なボスを簡単に倒しちゃった！」
「ふはははは！　この勇者ナラクに、そんなつまらん攻撃が通用するわけねーだろ！　さあ次は、どこのどいつが八つ裂きにされてーんだ⁉」

ちょっと手強《てごわ》い中ボスを倒したことで、俺と乃愛はハイタッチを交わした。

「さーてと」漫画を読んでいた久保島が、のんびりと立ち上がった。「そしたら俺、帰るわ」

「え、お前、もう帰るのかよ」

久保島はキザったらしく、「じゃ」と指を振って、乃愛《のあ》の部屋から出て行った。

あーあ、久保島にも勇者ナラクの快進撃を見てもらいたかったんだけどな。さて、次の目的地は『光の塔』で『聖なる鍵』の入手だな。あ、その前に宿屋でMPを回復させて――――。


って、違《ちげ》ぇだろ俺！　なに普通にゲーム楽しんでんだ⁉


完全に目的を忘れていた。俺、めちゃくちゃバカじゃないか。この二時間くらいの間に、もっと大事なことがあっただろうが……！

「どうしたの奈楽くん？」

乃愛がきょとんとした顔を向けてくる。そこにはもう、俺を避けていたときのような刺々《とげとげ》しさがない。以前の柔らかい雰囲気に戻っている。確実に距離が近づいている様子だった。

そして俺は――――。

「あ、肩にゴミがついてんぞ」

言いながら、乃愛の肩にさりげなく触れた。自動反撃もなく、さわることができた。

そうなんだよ。コントローラを取り合ったときもそう。さっきハイタッチを交わしたときもそう。いつの間にか俺、乃愛にさわれるくらいまで好感度が戻ってる！

久保島は帰ったんで、今この部屋にいるのは、俺と乃愛の二人だけ。最大のチャンスがやってきた。次期勇者の乃愛から魂を抜いて始末するチャンスが。

やるなら、今しかない……！

コントローラをそっと置いて、隣の乃愛を——一気に床に、押し倒した。

「きゃっ」

乃愛は短い悲鳴をあげたけど、抵抗する様子はない。組み伏せられたまま俺を見つめて、

「ど、どうしたの、奈楽くん……？」

驚きと困惑。そんな顔だった。これから魂を抜かれるなんて、微塵《みじん》も思ってないだろう。

ククク、さあ、覚悟しやがれ乃愛！

「い、今から俺は、お、お前の、胸を、ささ、さわる……！」

バカか俺！　なんでわざわざ宣言してんだ！　しかも声がどもっちゃってるし。

なんかよくわからんけど、どきどきするんだよ。仇敵《きゅうてき》を前に武者震い……ってわけじゃなくて、単純に緊張してるみたいだ。あれか、長きにわたる俺たち魔王軍と勇者との因縁に、いよいよ決着がつくからか。

「さ、さわるからな！　いいよな!?」

なぜかもう一回、念を押してしまう。

乃愛はなにも答えない。ただ驚いた目で、組み伏せている俺を下からじっと見つめている。

その大きな瞳は、次第に潤いを帯びていき――じわりと涙が浮かんできた。

「……そんなに、さわりたい、の……？　私の、胸に……？」

涙目でそう訴えてくる乃愛。

「あ、当たり前だろうが！　お、俺はそのために来たんだからな！」

右手を少し上げて、わきゃわきゃと五指を動かす。よ、よし、やるぞ……！

しっとりと赤い乃愛の唇が、わずかに動いた。

「――――――――――――――――――――――――――――――――嫌いに、なるよ」


どきり。

心臓が一度、強く脈打った。

まずい。嫌われるのはまずい。せっかく乃愛と仲良くなれたのに、ここでまた好感度が下がったら……って、いやいやいやいやいやいやいやいや！　違うだろ俺！　乃愛はここで魂を抜かれて死ぬんだから、いまさら好感度うんぬんなんて、どうでもいいだろうが！

「く、く……ぐぬぬぬ……！」

あとは掲げた右手に魔力を集中させて、乃愛の胸に押し当てるだけ。それだけなのに、なぜか腕が動かない。たぶん例の自動反撃があるかもしれないって、ビビってるんだ。

「奈楽くん」

乃愛が静かに俺の名前を告げた。その表情が、落胆を物語っている。

ええい！　俺は魔王軍の大幹部、死刻神将《しこくじんしょう》ナラクだ！　やってやる！　やってやるぞ！

「………うおおおおおおおおおおおおおおおおおおおおお！」

気勢をあげながら、組み伏せている乃愛《のあ》の胸に、右手を伸ばした。そして触れる。

指先一本だけで。ちょこんと。

瞬間、乃愛の胸から短刀サイズの光刃皇剣《メルシルドソード》が飛び出してきて。

かすめた指先で爆発を起こし、俺は吹っ飛ばされた。

◇　　◇　　◇

「あ、ナラク様、お帰りー。スマホの連絡先は交換できました？」

アパートの俺の部屋に戻ると、床に寝転がってファッション誌を読んでいたマユリタが、のんびりとした声を投げてきた。隣ではイグレシオが静かに紅茶を飲んでいる。

　こいつらは隣室だけど、俺が乃愛の家に遊びに行くことが決まった時点で、臨時会議をするためにあらかじめ呼んでおいたんだ。

「連絡先の件は切り出せなかったけど、ひとまず乃愛には、さわれるようになった……胸以外だけどな」

　ハイタッチもできたし、肩にもさわれた。でも胸だけはだめだった。指先で軽く触れた途端に、自動反撃だ。試しにちょこんと触れただけだったからか、飛んできた光刃皇剣《メルシルドソード》も短刀サイズで、爆発の規模もいつもより小さかった。それでも指がちぎれるんじゃないかってぐらいに痛かったけど。

　俺は服も破れなければ、意識も失わずに済んだ。でも乃愛は相変わらず、自動反撃の影響で眠ってしまった。その間にも指先で試してみたけど、やっぱりだめ。乃愛が起きていようが、眠っていようが、少し胸に触れただけで吹っ飛ばされてしまうんだ。これだとまだ、抜魂葬送《ばっこんそうそう》で魂を抜くことはできそうにない。

　気絶した乃愛を放置したままってのもアレなんで、俺は『ブレドラ9』の続きをやりながら、乃愛が起きるのを待った。目を覚ました乃愛は、直前のことをなにも覚えていない様子だった。それでもなんか気まずくなって、二、三言葉を交わしてから、俺はそそくさと退散したんだ。

ひととおり説明を聞いたマユリタは、ファッション誌を閉じて唸《うな》った。

「……うーん、やっぱり恋人になるしかないのかも。自動反撃の正体って、魔族に対する苦手意識ですよね。そりゃ付き合ってもない男に胸をさわられるなんて、女子なら誰だって嫌ですもん。だから嵐渡乃愛に『さわってもいいよ』って言わせるくらいの関係にならないと」

ほかは大丈夫なのに、胸をさわられることには、まだ抵抗がある。だから拒絶反応が出るってことか。

……なんだよそりゃ。女の胸って、そんなに聖域なのかよ。

「でも、ナラク様もやりますねー。二人きりになった途端、嵐渡乃愛を押し倒すなんて。ガキくさいと思ってましたけど、そういうワイルドな男の子って案外――」

にやにやと笑っているマユリタの胸に、俺は自然と手を伸ばしていた。

ふにっ。

「あ……」

唖然《あぜん》としたマユリタは、自分の胸と俺の顔を交互に見つめて、

「わ、私の胸に、さわった……？　こ、殺してやる！　いますぐ殺してやるナラク様ぁッ！」

激怒して俺に飛びかかってきた。

「あ、す、すまん！　違うんだ！　ちょっと乃愛のことを考えていて……！」

「ほかの女のことを考えながら私の胸を……⁉　このド畜生があああああああッ！」

イグレシオが後ろから羽交締めにしてくれて助かった。マユリタは両手に燃え盛る炎を出していて、本気でアパートごと俺を焼き尽くすつもりだった。

憤怒《ふんぬ》の形相だったマユリタは、やがて泣きながら、ぺたんと崩れ落ちた。

「ひどいですよナラク様……私だって、女の子なのに……私のこと好きでもないくせに、胸をさわるなんて……しかも、ほかの女のことを考えながら……ふえええええええええん」

「ナラク様。僭越《せんえつ》ながら言わせていただきます。最低です」

イグレシオにまで、グサリと刺さることを言われてしまった。

「……その、本当に悪かった。俺は最低の主君だった。許してくれ、マユリタ」

深々と頭を下げる。マユリタは鼻をすすりながら、

「今度プリン買ってください」

「いくらでも買わせてもらう。本当にすまなかった」

マユリタでさえ、胸をさわられたらこんなに怒るんだ。きっと乃愛も同じだろう。俺が胸をさわろうとした時点で、好感度は超下がったに違いない。

それにしても……まあ、あれだな。女の胸って……その、めちゃくちゃ柔らかいんだな。なんていうか、ふわふわしてるけど、みずみずしい弾力があって……。

「……なんですかナラク様」

　マユリタがじとりと睨《にら》んでくる。

　……考えないことにしよう。これ以上は、童貞の俺には刺激が強すぎる。

　でも女のほうから「胸をさわってもいいよ」って言ってくるレベルまで仲良くなるなんて、俺にできるんだろうか？　なんか、途方もない難度に思えるんだけど。

「ところでナラク様。その荷物はなんでしょう？」

　イグレシオが、俺の背負っていたリュックを指差す。それを下ろしながら言った。

「乃愛に借りたゲーム機と、『ブレドラ9』っていうゲームだよ。帰《かえ》り際《ぎわ》に、本体ごと貸すからやってくれって言われたんだ」

「ほほう。テレビに接続して遊ぶ、この世界の娯楽ですな。一体どのような内容でしょう」

「勇者を操作して魔王軍と戦っていく、ＲＰＧってやつらしい」

「魔王軍と、戦う……？」イグレシオの目が、くわっと見開かれた。「なりません！　なりませんぞナラク様！　そんな危険因子は、即刻解体すべきです！」

　俺とまったく同じ反応をしやがる。気持ちはわかるけどな。

　でも乃愛はどうしても俺に、この『ブレドラ9』をクリアしてほしいんだと。拒否したら、あいつ泣くんだよな。ただでさえ俺の好感度は超下がったはずだし、そのうえこのゲームまでやらなかったら、底辺まで落ちてしまう。

「いいか、イグレシオ。俺だって憎き勇者になりきって魔王軍と戦うゲームなんて、吐き気がする。本当はいますぐブチ壊したい。でもな……任務のためには、やるしかねーんだよ……」

「おお……ナラク様には、そこまでの覚悟がおありだというのに、私という男は……！　誠に申し訳ございませんナラク様！」

「気にするな。勇者が憎いのは、みんな同じだ。さあ、遊ぶぞ！」

俺はさっそく、ゲーム機本体をテレビに接続した。


十分後――。

「くっ、気高いナラク様のお名前が、勇者の名に使われるなど……屈辱の極みですな」

「あれー？　このモンスターって、ゼルファリアにも似たのがいますよね？」

「ああ、こいつは反抗的な奴だったから瞬殺だ。くらえ勇者ナラクの鉄槌《てっつい》を！」


二時間後――。

「うーん、新しく手に入ったこの『神龍の笛』とやらは、一体どこで使えばいいんだ？」

「ナラク様はきちんと町人の話を聞いておいでですか？　東の森だと言っていたでしょう」

「その前に装備を見直したほうがいいと思うんですけど」

五時間後──


「ば、バカな!? 勇者ナラクに即死攻撃が効くだと!? 俺は《冥王》なのに……!?」

「だからなんで装備を見直さないんですかー」

「ナラク様、このイグレシオと交代してください。即死攻撃を使うその醜悪な愚獣は、私めが軽々と粉砕してご覧にいれましょう」

「いや、俺がもう一度挑む。なぜならこのゲームの主人公は、勇者ナラクだからだ」

「失礼ながら、ナラク様はド下手でございます。このままでは、クリアなど到底望めません」

「……ほう。主君に対して、ずいぶん上等な口を聞くじゃねーか」

「この問題において、主君と臣下の別はございません。さあ、コントローラを!」


俺たちは、ときに揉《も》めながら、ときに協力しながら、徹夜で『ブレドラ9』をやり続けた。幸いにも、次の日は土曜日で学校も休みだったんで、昼夜一睡もせずにぶっ通しでやった。

そして日曜日の夜。全員が目の下に黒々としたクマを作り、眠気と疲労が限界に達したところで──勇者ナラクは、とうとうラスボスの前までやってきた。

魔王「よくぞここまでたどり着いたな、勇者ナラクよ……!」

魔王は圧倒的な大きさだった。漆黒のローブにドクロの顔。豪奢《ごうしゃ》な兜《かぶと》をかぶっている。その禍々《まがまが》しい姿を見た俺は、

「めっちゃかっこいいな⁉」

テンションが上がった。

隣で見守るマユリタとイグレシオを、ちらりと見る。二人とも疲労困憊《ひろうこんぱい》って顔だけど、頼もしく頷《うなず》いてくれた。俺は画面に向き直ると、

「よし、いくぞ……この勇者ナラクが相手だ！　覚悟しろや魔王ッ！」

気合を入れて、最後の戦いに挑んだ。

結果――――。

「ば、バカな！　魔王の野郎、俺の最強魔法を食らっても、微動だにしねーぞ⁉」

「ナラク様、それより回復魔法を使わないとだめですって！」

「い、いけませんぞ！　魔王の連続攻撃の前では……あああああああッ⁉」

――――完全敗北。

魔王の堅牢堅固《けんろうけんご》な防御と、強大無比な攻撃の前に、勇者ナラクは手も足も出ず、あっさりと死んでしまった。

画面には無慈悲にも、ゲームオーバーの文字が浮かび上がる。

「強い……強すぎる。さすがは魔王様だ」

「じゃあ、またレベル上げですか……って、ナラク様、最後にセーブしたのいつですか？」

――――――――四時間前だな。

このゲームは死亡すると、セーブポイントからやり直しになる。セーブデータをロードすると、ラストダンジョンより遥《はる》かに手前で、装備もレベルもまったく足りていなかった。

マユリタとイグレシオは、口にこそ出さなかったが、絶望的な顔をした。たぶん俺も。

「…………よし」

静かにコントローラを床に置く。

「俺はもう……やらん」

部下たちが大声をあげた。

「ええッ⁉ な、なんでですか⁉ せっかく最後までいったのに⁉」

「そ、そうですぞナラク様！ 先日のお覚悟はどうなされたのです⁉」

「やかましい！」連中の抗議を遮った。「俺たちは魔王軍の一員だぞ！ それなのに、魔王様に剣を向けていいと思ってるのか⁉」

「ええー、さっきまでノリノリだったくせに……単純にやる気がなくなっただけでしょ」

「違う！ ゲームとはいえ、魔王様に殴られて目が覚めたんだ！ やっぱり俺たちに魔王様は倒せなかった！ もうそれでいいだろ⁉ なあイグレシオ⁉」

「し、しかしですな、クリアしないと、嵐渡乃愛が悲しむというお話だったのでは……」

「そんなの、謝ったらいいんだよ！　俺はもうやらん！　寝るぞお前ら！」

◇　◇　◇

「え？　奈楽に胸をさわられそうになった？」

月曜日の始業前。久保島純平は教室で、乃愛からそんな話を聞かされた。

「で、でも、やっぱり……私の勘違い、だと思う」

乃愛はしどろもどろになりながら、そう答える。

「あのとき私、またいつもの貧血で気を失っちゃったんだけど、たぶんそのときに夢を見たんじゃないかと……なんか記憶もあやふやだし」

久保島は以前屋上で、奈楽が乃愛の胸をさわると言っていたのを思い出した。

……まあ、さすがにない、よな。うん。

「で、そのあと、どうなったんだ？」

続きを促すと、乃愛は重い口を開いた。

「奈楽くんは私の目が覚めるまで、ずっと横でゲームしてくれてたの。ただ、私が起きても、雰囲気は変なままで、おたがいになんだか話しづらくなっちゃって……それでその……」

「奈楽を追い返したと？」

乃愛はこくりと頷《うなず》く。

「まずいな……」

久保島は焦《あせ》った。これは青春系小説でも危険信号。気まずい雰囲気のまま解散した主人公とヒロインは、その後もずっと引きずって話をしなくなるパターンはよくある。

「だ、だよね。私が起きるまで傍《そば》にいてくれたのに、追い返しちゃったんだもん。奈楽くん、怒ってないかな。ああ、私って、どこまでちり紙なんだろ……」

そんな話をしていると、当の本人がやってきた。

「二人とも、おはよう」

「あ、奈楽くん……」

乃愛の声には覇気がない。追い返してしまった罪悪感で、萎縮しているのだ。

それを打ち砕いたのは、奈楽のこんな話題。

「例のゲーム、最後までいったぞ」

「え⁉」乃愛の瞳に、一瞬で生気が戻った。「『ブレドラ9』やってくれたんだ⁉　しかもたった三日で、魔王まで行ったの⁉」

「ああ。だけど俺には――魔王様を倒すことができなかった。本当に、すまん」

奈楽は深々と頭を下げたが、それでも乃愛はまったく気にしていない。

「だ、だよね⁉　あの魔王、強すぎるよね⁉　わかるわかる！」

「ああ。あの御方は最強だ。誰にも倒すことはできねーよ。だからこれは返す。クリアできなくて本当に申し訳ない」

奈楽がゲーム機の入ったリュックを渡した。乃愛は満足そうにそれを受け取る。

「ううん！　そこまでハマってくれるなんて、すごく嬉《うれ》しい！　今度、もう少し簡単なゲームを貸してあげるから、スマホの連絡先を交換しようよ！」

「……え？　い、いいのか？」

奈楽は怪訝《けげん》な顔でスマートフォンを取り出して、乃愛と連絡先を交換した。

この二人は気まずい雰囲気を引きずるかもと思っていた久保島だったが、それは杞憂《きゆう》に終わったらしい。むしろ連絡先を交換したので、親密度はより増したと言える。

「……よくわからんけど、ひとまず、ミッションクリア……か」

奈楽がそんな独り言をつぶやく。久保島はまったくもって同感だった。

第五話「パチュアが来た！」

「ありがとうございましたー」

鈴木《すずき》まゆりことマユリタは、放課後になるとコンビニのバイトに勤《いそ》しむ。

神原町のどこかにいる次期勇者を探すために始めたことだが、嵐渡《あらしど》乃《の》愛《あ》がそうだと判明した今でも、生活費のために続けている。

「まゆりさんって、本当にいい笑顔でお客さんを見送るよね」

一緒にレジに立っていたバイトの女店員が、微笑《ほほえ》みかけてきた。

「えへっ、そうですかねー」

愛想《あいそ》がいいから、客にはもちろん、バイト仲間にも受けはいい。その正体がゼルファリアの連続放火魔だなんて、誰が思うだろうか。

「彼氏とかいるんでしょ？　夜ご飯は毎日、男の子の部屋で食べるって言ってたもんね」

ナラクのことだ。アパートの隣室に住んでいるマユリタとイグレシオは、基本的にナラクの部屋に集まって夕食をとる。死刻魔《しこくま》団《だん》の会議を兼ねることもあるからだ。

「ああ、違いますよ。あれは彼氏とかじゃなくて……一応上司、なのかな？　それに口うるさい中年も一緒ですし。私、ナラク様と二人きりになったら、殺したくなっちゃうんですよね」

「え？」

女店員はきょとんとする。マユリタはにっこり笑って、付け加えた。

「あは、まあ気にしないでください」

そこで入り口の自動ドアが開いて、神原《かみはら》高校の制服を着た男女が店に入ってきた。

男のほうは今話題にのぼっていたナラクで、もう片方は嵐渡乃愛だった。

ナラクはレジのマユリタを見て、軽く手を挙げた。乃愛もそれに倣《なら》い、ぺこりと会釈《えしゃく》する。

「あ、見て奈楽《ならく》くん。『ブレドラ』の一番くじやってるよ！」

「おう、一等は……勇者のフィギュアか。なんで魔王様じゃねーんだよ」

「確かにあの魔王って、かっこいいデザインだよね。私もそのフィギュアなら欲しいかな」

「ふっ、乃愛もわかってきたじゃねーか」

まだ少しぎこちない印象だが、ナラクと乃愛は、悪くない交友関係を築き始めていた。毎日スマートフォンでメッセージのやりとりをしていることが、功をなしているらしい。

ナラクが好物の牛乳を持ってレジに来る。マユリタは会計をしながら言った。

「なんだか二人って、付き合ってるみたいに見えますね」

「は、はあ⁉　バカなこと言ってんじゃねぇ！　なあ、乃愛⁉」

意見を求められた乃愛は、「そ、そうだね」と遠慮がちに答える。

そこは素直に喜んでおけばいいのに。やはりナラクは童貞くさいとマユリタは思う。

「ほら、行こうぜ乃愛。シオンモールで、たこ焼き食うんだろ」

「う、うん。夜ご飯の前だから、食べ過ぎないようにね」

それでも一応は、うまくいってる……のかな？


バイトが終わってコンビニをあとにしたマユリタは、大きく伸びをした。

あーあ、真面目に働くなんてガラじゃないのになー。

かつて《自由な炎《ホロスフレア》》と呼ばれた自由気ままな連続放火魔のマユリタは、なにかに束縛されることを極端に嫌う。バイトはもちろん、ナラクに捕らえられ、無理やり死刻魔団《しこくまだん》に入れられているこの状況にも、それは当てはまるのだった。

……もうさっさとナラク様を殺して、ゼルファリアに帰ろっかな。あの童貞くさい人が嵐渡乃愛を口説き落とすなんて、いつになるかわからないし。てか、こっちが真面目に働いているのに、あの人は遊んでるって考えると、なんかシャクだし。この前は私の胸までさわったし。

なんだか腹が立ってきた。いつもは目立たないように徒歩でアパートまで帰るのだが、今日は鬱憤を晴らすためにも、持ち前の飛行能力を使うことにした。

「よーし、久しぶりに、思いっきり飛んでやろっと」

あたりを見回して、ひと気のない路地に入る。そこで足に力を溜《た》めて、大好きな漆黒の夜空に向かって大きく飛び上ろうとしたとき。

「うう……」

路地の闇の奥から、うめき声が聞こえた。

「誰かいるんですか？」

問いかけながら、声がしたほうに歩を進めると。

長い金髪に、ふりふりのレースがついた青いドレス姿の女性が倒れていた。普段なら、「ま、いっか」で踵《きびす》を返《かえ》すマユリタだが、さすがに驚いて立ちすくむ。

魔族の自分だからこそわかる。倒れていたドレスの女性は見た目こそ人間と変わらないが、間違いなく内に魔力を秘めた魔族だった。

「なんでこの世界に、私たち以外の魔族が……？　おーい、大丈夫ですかー」

揺さぶってみる。その魔族の女性は、薄眼を開けてマユリタを見るなり、

「がるうううううう！」

口を大きく開けて、かじりついてきた。とりあえずマユリタは、一発殴って気絶させた。

「……うーん、どうしよ。ひとまずナラク様のところに連れていこっかな」

謎の女魔族を抱えたマユリタは、重力の束縛から解き放たれて、大空へ飛び上がった。

◇　◇　◇

えーと、『これ、から、番、目、死』……いや、字が違うな。『晩メシ』だ。

スマホの日本語入力に四苦八苦しながら、なんとか送信。床に置いたところで、すぐ返信がきた。

『もう八時半なのに？　奈楽《ならく》くんのお家《うち》って、ご飯遅いんだね！　私はもう食べ終わって、お風呂《ふろ》にも入って、これからゲーム……って言いたいところだけど、なんか立ちくらみするから寝ようかなって感じ。でもレイド戦だけはするけどｗｗｗ　ネトゲの沼深すぎｗｗｗｗｗ』

ここ最近の俺は、スマホに『いんすとーる』した『めっせんじゃーあぷり』とやらで、乃愛《のあ》と文章のやりとりをしている。日本語の勉強にもなるからいいんだけど、乃愛《のあ》の返信はめちゃくちゃ早いから、気を抜くタイミングがない。

——立ち、くらみ、が、あるって、体調、悪い、の、か？——

数十秒かけてその文面を送る。さっきシオンモールでたこ焼きを食ったときは、体調が悪いように見えなかったんだけどな……って思ってる間に、もう返信がきた。

『うーん、たぶんいつもの貧血。前に言ったかもだけど、私よく貧血で倒れちゃうの。ホントちり紙だよね。あ、でも慣れてるから、別にどうってことないよ♪　明日の朝もしんどかったら、病院で点滴打ってから学校に行くね。最近、学校が楽しくてさ(。・-・。)今日も奈楽《ならく》くんとたこ焼き食べに行けて楽しかったよ。って、なんか恥ずかしいから、スタ連しちゃう！　くらえ――――い』

　こいつスマホだと、やたらテンション高いな……。

「ナラク様、そろそろマユリタもバイトから帰ってきますし、一度スマホから離れていただけませんか」

　キッチンで寄せ鍋を作っていたイグレシオが、土鍋をテーブルに運んできた。全員揃《そろ》ってからみんなで食うというのが、俺の決めた食事のルール。俺は部下にも優しい主君だからな。

「なあイグレシオ。乃愛《のあ》が明日の朝、病院に行くかもって言ってるんだけど、あいつそんなに体が弱いのか？」

「はい。教員用の資料によりますと、中学時代から病欠が多かったとか」

「それは心配だな……あ、いや、俺が魂を抜く前に病気で死なれたら困るって意味だけど」

「……わざわざ補足されなくても、承知しておりますが？」

　なんだよ、そのじとりとした目は。俺は任務に支障が出ないか心配してるだけだろ。

　ちょうどそこで、マユリタが帰ってきた。

「ただいまー。わあ、おいしそうな匂い！」

「お、いいタイミングで――――って、な……⁉」

玄関先のマユリタを見た俺は、驚きのあまり声を失った。隣のイグレシオも同様だった。

マユリタは、青いドレスを着た金髪の女を背負っている。

「ああ、この人ですか？　なんかバイト先の近くで倒れてたんですよ。魔族みたいですし、もしかしたら、ナラク様の知り合いかと思って連れ」

言い終わる前に、マユリタの背で眠っていた女の両目が、かっと見開かれた。そして背中から飛び降りると、勢いもそのまま、テーブルの鍋に飛びつく。

「あっ、私たちの晩ご飯なのに！」

その女はまだ熱い土鍋を両手で持って、喉をこくこくと鳴らしながら具材ごと飲み干していった。俺とイグレシオは、まだ絶句したままで、わずかな言葉さえ出てこない。

「……ふいー、満足満足」

下品な食べ方（飲み方？）で鍋を平らげた女は、手で口元を拭った。改めてその場に正座すると、丁寧に三つ指を突いて深く頭を下げる。

「ご馳走《ちそう》していただき、誠にありがとうございました。まさに生き返った気分ですわ」

マユリタが恨みがましい目で女を睨《にら》む。

「……私たちの分まで食べちゃって」

「申し訳ありません。まともな食事は、ずいぶん口にしていなかったもので。さきほどあなたがわたくしをぶん殴った非礼も、これで帳消しにして差し上げますわ」

　イグレシオが目をひん剝《む》いて、マユリタを見た。

「き、貴様、あろうことか、この御方に手をあげたのか!?」

「はい。嚙《か》みつかれそうになったんで、つい。てか誰ですか、この態度のでかい人」

「たた、大変失礼いたしました、パチュア様！」

　土下座するイグレシオに、ドレスの女魔族――パチュア・カルディナーレは、笑って手を振った。

「構いませんわよ、イグレシオ。それに、お久しぶりですわね。ナラクさんも」

「……なんでパチュアが、こっちの世界にいるんだ……？」

　やっとの思いで、俺はそれだけ絞り出した。

　俺たちがゼルファリアから異世界の神原町《かみはらちょう》にやってきたのは、魔王軍が巨額の予算を投じた一大プロジェクトだった。魔王軍の魔術師が総出になって、次期勇者がいる地域を特定し、その神原町《かみはらちょう》までの経路を確保し、専用の祭殿を建造したあと、秘宝『常闇《とこやみ》の短剣』に魔力を注入して、次元の壁に亀裂を入れた。時空の法則を無視したその抜け穴は、あらゆる事象を拒絶しようとする。三、四人通るのが限界で、すぐに閉じてしまう性質があった。

　だから魔王軍は何度も幹部会議を重ねて、死刻神将《しこくじんしょう》の俺が連れて行くべき部下を選定した。

　結果、死刻魔団《しこくまだん》で最高の頭脳をもつイグレシオと、最高の機動力をもつマユリタが選ばれたわけだが、そこにパチュアの名前はなかった。こいつは俺の部下でもなければ、死刻魔団《しこくまだん》の関係者でもないからだ。

「……お前、次元の穴が閉じる直前に、俺たちを追って無理やり飛び込んだのか」

「ええ」

パチュアは悪びれた様子もなく、笑顔で頷《うなず》いた。

「なんでそんな勝手な真似《まね》をしたんだ。魔王軍が綿密に練り上げたプロジェクトを無視するなんて、あとでどんな厳罰が待っているかわからないぞ」

するとパチュアは笑顔のまま、こんなひと言を放った。

「すべては愛する婚約者、ナラクさんの身を案じてのことですわ」

「えぇーっ!?」マユリタが大声をあげた。「な、ナラク様の、こここ、婚約者ぁぁっ!?」

答えたのはイグレシオだ。

「貴様は最近魔王軍に入ったから、知らないのも無理はない。パチュア様のカルディナーレ家は、ナラク様のローゼンバイヤー家に次ぐ名門なのだぞ」

「……我が家はナラクさんの家に次ぐ名門、ですのね」

パチュアが嘲笑を浮かべるのも無理はない。だって俺ん家、親父《おやじ》が勇者病にかかって以来、

没落寸前だし。そりゃ比べられたくねーわな。

「しかしパチュア様。こちらの世界にやってきた理由は承知しましたが、どうしてもっと早く我々を頼ってくださらなかったのですか。恐れながら、ずいぶん空腹に悩まれていたご様子ですし、ご寝所にもお困りだったのでは」

次元の穴はものの数分で閉じる。パチュアは少し遅れて飛び込んだとはいえ、ほとんど時間差もなく、俺たちと同じ場所に出たはずなんだ。

でもなぜか、そこで俺たちに声をかけてこなかった。イグレシオに住民票や戸籍謄本を用意してもらわないと、この世界では生活費の確保さえままならないのに。

「わたくしは勝手についてきた身ですし、みなさんの任務の邪魔をするわけにはいきませんもの。だから陰ながら見守ろうと思っていたのですわ」

パチュアは平然と言ったけど、本当だろうか。

「それよりもナラクさん。任務の進捗はいかがですの？」

任務っていうのは、もちろん次期勇者の始末についてだ。

「まあ、ぼちぼちだな」

「まさかまだ、次期勇者さえ見つかってないとか言いませんわよね？」

「……さあな」

この任務は俺たち死刻魔団《しこくまだん》で扱っている案件なんで、わざわざ部外者のパチュアに報告してやる義理はない。

パチュアはため息をついた。

「……次期勇者の始末は、ゼルファリアに住む全魔族の悲願です。あまり悠長にしていると、魔王様も悲しまれますわよ」

「その魔王様の意向を無視して、勝手に俺たちについてきたお前が言うことか？」

パチュアは「確かに」と笑った。そのまま背を向けて、部屋を出て行こうとする。

「あ、お待ちください！」イグレシオが止めた。「どちらに行かれるのですか⁉　パチュア様も今後は、こちらで我々と寝食を共にされてはいかがかと……」

パチュアは振り返ると、

「結構ですわ。男性と同じ部屋で寝泊まりするわけにはまいりませんもの」

ぴしゃりと断った。

「で、ではせめて、パチュア様が快適に生活できるよう、このイグレシオがお世話を……」

「お心遣いは感謝しますが、それも結構ですわ。たまには顔を出させていただきますので」

ドレスの裾を軽く上げて優雅に会釈《えしゃく》すると、今度こそ立ち去った。

パチュアが出て行ったドアを見つめて、イグレシオがぽつりと漏らす。

「……なんとお強い女性でしょうか。まさに淑女の鑑《かがみ》ですな」

え、きったない鍋の食い方をするのに？

ずっと黙っていたマユリタが、視線を落としたまま言った。

「ナラク様に婚約者がいたなんて……なんていうか、びっくりです」

「親が勝手に決めたことだからな。俺もパチュアも、そんなつもりはねーよ」

なぜか恨みがましく睨《にら》まれた。

「パチュアさんは、ナラク様の身を案じてこっちの世界に来たって言ってましたけど」

「そんなの嘘《うそ》に決まってんだろ」

パチュアは野心家だ。こっちの世界に来たのも、なにか別の目的があるに決まっている。

……まあ、なんとなく察しはつくけどな。

◇　◇　◇

ナラクのアパートを後にしたパチュアは、鼻歌交じりで暗い夜道をスキップしていた。

「るんるんるん♪」

ご機嫌だった。さっきは喜びのあまり、ナラクに抱きつきたくなったほどだ。

この世界にやってきた当初、パチュアはこっそりとナラクを監視する予定だった。しかし、周囲の珍しい建物に目を奪われている間に、その姿を見失ってしまったのだ。

このままだとナラクは、自分の知らないところでさっさと次期勇者を始末して、先にゼルフアリアに帰ってしまうかもしれない。そんな不安にも陥ったが、彼はまだこの世界にいた。

つまりナラクは、まだ次期勇者を始末できていない。

その事実が嬉《うれ》しくてたまらないのだ。

ふと、近くで飲み物の自販機を見つけた。パチュアはそれに近づくなり——慣れた動作で、釣り銭口に指先を突っ込んだ。

カタカタカタ。

珍しく十円硬貨を発見した。パチュアはにっこりと笑う。

「ああ、今日は本当に運がいいですわ！　奮発して、綺麗《きれい》なお水を買ってしまいましょう！」

住居も働き口もないパチュアにとって、公園の水道水ではなく売り物の飲料水を口にすることは贅沢《ぜいたく》の極み。これまで地道に集めてきた数枚の十円硬貨を投入しようとしたとき。

「へーい、お姉さん、なんかジュースでも買うのー？」

二人組の若い男が、自販機の前に割り込んできた。

「ええ。申し訳ありませんが、そこをどいていただけませんか？」

「そうだなー、俺らと飲みに付き合ってくれることが条件？　みたいな？」

男のひとりが、にやにや笑いながら、パチュアの華奢《きやしや》な肩に腕を回した。

「…………」

さっきまでご機嫌だったのが嘘《うそ》のように、パチュアの表情が醜く歪《ゆが》む。

「あー、そんなに嫌がらないでちょ。俺らは超美人なお姉さんと、お酒飲みに行きたいだけなんだからさー」

「わたくし、嫌がってなどいませんわ」

「あらら？　じゃあ俺らの勘違い？」

「ええ」にっこり笑う。「ブチ切れているだけです」

パチュアは右手を高らかに掲げた。人間と変わらなかったそれが、肉球と爪を備えた猫科の手に変化する。動物のキッチンミトンをはめたようにも見えるが、肥大化したその手は凶器そのもので、とてもかわいいとは言い難《がた》い。

「え、えええええええ!?　ちょ、ちょ……!?」

二人組の男たちは、じりじりとあとずさる。今にも逃げ出しそうな彼らに向かって、

「そおおおおおおおおおおおおおおおおおれッ！」

パチュアは一旦後ろに引いた獣の拳を、鋭く前に突き出した。

「ぶべらぁぁぁッ!?」

丸太のような正拳突き。それを食らった男たちは、まるでビリヤードの玉のごとく、二人まとめて道の彼方《かなた》まで吹っ飛んでいった。

獣の手を元に戻したパチュアは、男にさわられた肩を払ってつぶやく。

「汚《けが》らわしい男性が高潔なわたくしに触れるなど、万死に値する愚行ですわ」

肉体の一部獣人化は、魔王軍「狂獣魔団《きょうじゅうまだん》」に所属する魔族が得意とするスキルだ。

それは当然、狂獣魔団《きょうじゅうまだん》の副官を務めるパチュア・カルディナーレも例外ではなかった。

狂獣魔団《きょうじゅうまだん》——魔王軍六神将の一角、狂獣神将《きょうじゅうじんしょう》ダンタリスが率いる軍勢だ。完全な半人半獣、あるいは獣人化能力をもつ魔族たちで構成されている。

連中はパチュアを除いて、全員が男。たとえ獣人化能力を備えていても、やはり女は非力であることが多く、基本的には戦力にならないからだ。

ただパチュアのカルディナーレ家は、代々、狂獣魔団《きょうじゅうまだん》の副官を務めてきた由緒《ゆいしょ》ある家系だった。その才能は長女のパチュアにもしっかり受け継がれており、幼少時から男顔負けの戦闘力を有していた。

「強いうえに、カルディナーレ家の者なら、たとえ女だろうと狂獣魔団《きょうじゅうまだん》に入れるべきだ」

周囲のそんな声に押される形で、パチュアは半強制的に狂獣魔団《きょうじゅうまだん》に加入することになる。

もちろん嫌でたまらなかった。

前述のとおり、狂獣魔団《きょうじゅうまだん》はパチュア以外の全員が男。遠征から戻ってくると、そのむさ苦しい野獣たちが酒を酌《く》み交《か》わしながら、下品な下ネタトークで盛り上がるのだ。美人のパチュアが口説かれることは日常茶飯事。酔っ払った獣たちの薄汚い裸踊りを見せられたり、オーク型の魔族から「ぶひー、パチュアたんの毛繕い希望」と懇願されたりもした。

由緒《ゆいしょ》ある家の令嬢として育てられてきたのに、そんな環境に放り込まれたら、たまったものではない。同い年の令嬢たちは、女子同士で優雅なティータイムを楽しんでいるというのに、パチュアはそれに招かれることもなく、獣たちの無様な宴会に付き合わされる毎日なのだ。

副官に昇進してからは、さすがに口説かれることはなくなったが、下品なケダモノに囲まれている環境は変わらない。本当は清楚《せいそ》な令嬢たちと仲良くしたいのだが、いくら自分が淑女として振る舞っても、そういった女性は誰も近づいてこない。パチュアの周りには、いつも野卑《やひ》な男たちがつきまとっているのだから、それも当然だった。

薄汚い男なんて消えてほしい。清楚《せいそ》で可憐《かれん》な女子だけに囲まれたい。酔っ払いの下ネタトークではなく、女子同士で甘いものを食べながらガールズトークに花を咲かせたい。

狂獣《きょうじゅう》魔団《まだん》に入団させられて以降、ずっとそう熱望していたパチュアは、いつしか重度の男嫌いになっていた。

ナラクを追って神原町《かみはらちょう》にやってきた理由も、もちろん婚約者の身を案じてではない。そもそもあの結婚話は、没落寸前のナラクの家から求められた政略で、パチュアは最初から男と結婚するつもりなんて微塵《みじん》もなかった。

パチュアがこの世界にやってきた理由は、ただひとつ――。

　自販機で飲料水を買ったパチュアは、それを口にして、にやりと笑う。

「……さて。適当な寝床を探して、じっくり計画を練るとしましょう。ナラクさんより先に、わたくしが次期勇者を始末するための計画をね……！」

　ナラクはそれを達成することで死刻魔団《しこくまだん》――ひいては家の復権を狙っているわけだが、失敗すればきっと、死刻魔団《しこくまだん》は取り潰しになる。つまり六神将の椅子が、ひとつ空くのだ。

　そこで自分が次期勇者の始末に成功すれば、多大な報奨が与えられる。おそらく六神将入りも夢ではないだろう。そうなれば、薄汚い男だらけの狂獣魔団《きょうじゅうまだん》とは違って、爽やかな女子だけで構成された「清楚《せいそ》にして可憐魔団《かれんまだん》」を結成できる。

「ナラクさんには悪いですが、先に次期勇者を見つけて始末するのは、このわたくし。未来の六神将、清楚《せいそ》にして可憐神将《かれんじんしょう》のパチュア・カルディナーレですわ！　ひゃっひゃっひゃあ！」

　夜空に向かって、とても個人的な野望と不気味な高笑いを轟《とどろ》かせるパチュア。

　その姿はどう見ても、淑女とは言い難《がた》いものだった。


　翌朝。

ナラクたちのアパートの屋根で起床したパチュアは、まずポーチを開いた。中には少しばかりの小銭と、包装された飴玉《あめだま》がいくつか入っている。

ただの飴玉《あめだま》ではない。活命丸《かつめいがん》といって、パチュアがこの世界に来る前に錬成しておいた魔法の丸薬だ。ひとつ口にすれば活力に溢《あふ》れて、三日間は飢えをしのげる。

なるべく節約して使っていたが、今日から本格的に計画を進めていくのだ。昨夜のように、飢えで動けなくなることは絶対に避けたい。だから活命丸《かつめいがん》をひとつ口に入れた。

寝起きの気だるい体に、みるみる精気が宿っていく。

「ふっ、さすがはわたくし。見事な効力ですこと」

このような薬術は、粗暴な狂獣魔団《きょうじゅうまだん》が得意とすることではない。後方支援の「麗術魔団《れいじゅつまだん》」が専門にしている分野だ。パチュアが独学で研究していた理由は、男ばかりの暑苦しい狂獣《きょうじゅう》魔団《まだん》から、魔王軍のなかでも比較的女子率の高い麗術魔団《れいじゅつまだん》に転属したかったから。残念ながらその願いは、パチュアの家系を理由に却下されたが。

ちょうど眼下に見えるアパートのエントランスから、ナラクたち三人が出てきた。パチュアが観察していることに気づく様子もなく、それぞれ雑談しながら歩いていく。

「さて、わたくしも行動開始ですわ」

パチュアは持ち前の飛行能力を使い、上空からナラクたちのあとを追った。

まず必要なのは、情報の入手だ。

ナラクはまだ次期勇者を始末できていないとはいえ、これだけの期間がありながら、目星もつけていないとは考えにくい。次期勇者の当てくらいはあるはずなのだ。しかし直球で聞いても、昨夜のようにはぐらかされてしまう。だからパチュアは秘策を用意していた。

ナラクたちの制服姿から予想していたとおり、やがて連中は神原《かみはら》高校に到着した。校舎一階の昇降口で解散し、三人とも別々の方向に進む。

ここでパチュアが張り付いた監視対象者は――マユリタだった。

三階の教室に入っていったマユリタを、パチュアは数メートル上空から窓越しに観察する。

マユリタはクラスの女子たちと談笑しながら、通学鞄《つうがくかばん》からスマートフォンを取り出した。

「やはり、あの板を持っていましたわね……！」

思わず言葉が漏れた。

マユリタのスマートフォンを入手することが、パチュアの秘策。パチュアもこの世界にきてしばらく経《た》つので、それがどういうものかは知っている。

「こちらの顔を見せずに相手と連絡がとれる魔法の板……すまーとふぉん」

それがあれば、マユリタになりすまして、ナラクから次期勇者についての情報を引き出すことができる。

問題はスマートフォンを奪う方法だ。パチュアの実力なら力技で奪い取ることも可能だが、後々面倒になりそうな方法はなるべく使いたくない。

だから、待つことにした。マユリタがスマートフォンから離れる瞬間を狙うのだ。

「次期勇者を始末するためなら、いくらでも待ってやりますわ……！」


「ふわぁ……よく寝ましたわ」

数時間後。パチュアは校舎の屋上で目を覚ました。ずっと空を飛びながら、マユリタの教室を遠目に観察していたのだが、あまりにも代わり映えしない光景が続くので、気晴らしに屋上にやってきたのだ。

そして、そのまま眠ってしまったらしい。うーん、と大きく伸びをする。

「……それにしても、この世界の高校生とやらは、ずいぶん退屈な時間を強要されているのですね。ずっと椅子に座って講義を受け続けるなんて、わたくしには耐えられませんわ」

あれが社会に出るための修行というなら、人間社会とはいかに地蔵になりきれるかが評価のポイントになるのだろう。パチュアは理解に苦しむ。

ふと校舎の下から、女子生徒たちの黄色い声が聞こえてきた。その楽しそうな声色に導かれて、屋上の縁からグラウンドの様子を覗《のぞ》き見る。

「あははっ、まゆり、こっちこっちー」

「いっくよー」

グラウンドではマユリタが、数人の女子たちとボール遊びに興じていた。

「じょ、女子同士で遊んでいる……⁉　なんと羨ましい……！」

パチュアはわなわなと拳を震わせた。

……しかしあれが、かつてゼルファリア全土を騒がせた連続放火魔の《自由な炎《ホロスフレア》》マユリタさんですか。こうして見ると重犯罪者どころか、まるで普通の女の子ですわね。

そこで、はっとした。

もう一度、マユリタを見る。彼女は現在、制服姿ではない。白のTシャツにハーフパンツの体操着だ。どう見ても、スマートフォンを持っているようには見えない。

大チャンスではありませんか……！　わたくしはなにを悠長に……！

パチュアは屋上から飛び降りて、マユリタの教室に忍び込んだ。

誰もいないもぬけの殻。マユリタの学生鞄《がくせいかばん》もきちんと置かれている。中を漁《あさ》ると、あっさりとスマートフォンは見つかった。思わずガッツポーズをとる。

あとはマユリタのふりをして、ナラクに連絡を取るだけ。

そう思ったパチュアだが。

「……使い方がわかりません」

当然だった。パチュアはこの世界で見聞きした知識で、スマートフォンの存在こそ知っていたが、実際にさわったのはこれが初めてなのだ。それに魔族が体得している「概念対話」の術は音声言語こそ通じるが、書記言語までは理解できない。だから仮にアドレス帳を開くことができても、どれがナラクの連絡先かわからないのだ。

「……仕方ありませんわ。誰かに聞くとしましょう」

生徒たちはみんな授業中。パチュアは外部の人間を探すために、教室から飛び立った。

人の多い駅前を目指して飛んでいる途中、眼下に見えた住宅街で、神原《かみはら》高校の制服を着た黒髪の女子生徒を見かけた。歩いている方角からして、これから学校に向かうところらしい。

「もう授業が始まってずいぶん経《た》つのに、今さら登校ですか。まあ、好都合ですわ」

スマートフォンの扱いなら、女子高生が一番長《た》けている。そんな情報も把握していたパチュアは、彼女のすぐ後ろにふわりと着地した。

「あの、少しよろしいでしょうか？」

「ひ、ひっ……!?」

黒髪の女子高生は、びくっと肩を震わせて振り向いた。そしてぺこぺこと頭を下げる。

「ごご、ごめんなさいごめんなさい！　学校をサボっていたわけじゃないんです！　昨日から貧血気味で、病院で点滴を打ってもらってきたんです！　虚弱なちり紙でごめんなさい！」

ちり紙？

よくわからないが、この女子高生はパチュアを補導員かなにかと勘違いしているらしい。

「いえ、呼び止めたのは、これの使い方を教えていただきたくて」

言いながらスマートフォンを差し出した。黒髪の女子高生は、おずおずとそれを受け取る。

「……え、えっと、別にいいですけど、ロックはそちらで……あ、かかってないんだ」

ロックと聞いて焦《あせ》りを覚えたが、どうやら所有者のマユリタも、そのあたりのシステムはよくわかっていなかったようだ。

「ひとまず、『ナラク』という男性に電話したいのですが、どうすればよろしいんですの？」

「ナラク……？」

「ええ。あなたと同じ、神原《かみはら》高校の生徒ですの」

それまで警戒している様子だった女子高生は、そこでぱっと明るい笑顔になる。

「あ、あの！　それってもしかして、奈楽将吾《しょうご》くんのことですか⁉」

「あら、お知り合いですの？」

「はい！　私、クラスメイトなんです！　お姉さんは、奈楽くんのご家族の方ですか？」

「いいえ。ただの婚約者ですわ」

「………………………え？」

黒髪の女子高生は、顔に笑みを貼り付けたまま硬直した。

パチュア自身、ナラクの婚約者という自覚はまったくない。今の発言は、自分が怪しい他人だと思われないように、あえて口にしたに過ぎないのだ。

「え、えっと、その……あはっ、わ、私の聞き間違い、かな？」

女子高生は硬い表情で笑う。まだ緊張しているようだ。パチュアはより安心感を与えるためにも、にっこり笑って親密な関係をアピールした。

「ですから、ナラクさんとわたくしは、結婚を誓い合った仲ですの。昨晩も彼のお部屋でお鍋をご馳走になりましたわ」

ふらり。女子高生は額を押さえてよろめいた。

「あら、大丈夫ですの？　まだ貧血気味なのでしょうか」

「……い、いえ、大丈夫です。そ、そっか……そうなんだ」

「体調を崩されているところ申し訳ないのですが、電話の件は」

「……あとはここを押すだけです。し、失礼しますっ！」

女子高生はパチュアにスマートフォンを押しつけると、逃げるように走り去った。

「一体どうしたんでしょう？」

首を傾《かし》げたパチュアだったが、どうでもいいと思い直す。自分の目的は次期勇者の始末。そのためにも、ナラクから情報を聞き出すことが先決なのだ。

肩に下げていたポーチから、飴玉《あめだま》をひとつ取り出した。

声換丸《せいかんがん》。活命丸《かつめいがん》と同じくパチュアが錬成した魔法の丸薬で、文字通り自在に声質を変換できるものだ。もちろんここで使用するのは、マユリタの声。それを脳裏に思い描きながら声換丸《せいかんがん》を口に入れた。

「……ふふっ、これでナラクさんは、わたくしがマユリタさんだと思うはずですわ」

そんな独り言も、マユリタの声色そのものに変化していた。

そしてマユリタのスマートフォンから電話をかける。コール音が流れたあと、耳慣れたナラクの声が聞こえてきた。

『もしもし……？』

「あ、ナラク様、私です。マユリタです」

口調にも気をつけているので、絶対にバレない。我ながら完璧な作戦だとパチュアは思う。

「急にすいません。任務の進展具合について、改めて再確認したいんですけど」

するとナラクはしばらく黙りこんだあと、

『……お前、パチュアだろ』

ななっ⁉　ど、どうしてわかったんですの⁉

◇　◇　◇

スマホの通話口越しに、マユリタ……じゃなくて、パチュアがまくし立ててくる。

『わ、私はマユリタですよ！　なに言ってるんですか、ナラク様⁉』

いや、そんなこと言われてもな。

俺は教室の窓から、ちらりとグラウンドを見た。

だってマユリタ、あそこにいるし。体育の授業で球技をしている最中だ。

「わかりやすい嘘《うそ》をつくんじゃねーよ。もう少し頭を使え、パチュア」

『でで、ですから、わたくしのどこが、パチュアですの……！』

もう口調までパチュアだし。こいつは独学で薬術の勉強をしてたから、声色を変える薬とかそういうのを使ってるんだろ。

「あのー、先生」生徒のひとりが、おずおずと手を挙げた。「奈楽くんが堂々とスマホで電話してますけど、注意しないんですか？」

かくいう俺も、世界史の授業中だった。教壇に立っていたイグレシオが俺を一瞥《いちべつ》する。

「う、うむ。そうだな。あー、奈楽くん。電話なら外でやるように」

教室全体から抗議の声があがる。

「はあ⁉　おい先生！　俺たちからはスマホ取り上げるのに、奈楽にだけ甘過ぎだろ⁉」

「や、やかましいぞ人間ども！　ナラク様は大切な用事かもしれんだろうが！」

「なんで急に様付けなんだよ⁉　奈楽に弱みでも握られてんのかよ、伊具先生⁉」

うるさくなってきたので、俺はイグレシオに軽く頭を下げ、電話を繋《つな》いだまま廊下に出た。

『わたくしはマユリタですの！　放火件数五百件を超える《自由な炎《ホロスフレア》》の……！』

パチュアの奴、まだ言ってやがる。俺はため息をついた。

「じつはな、お前の魂胆は薄々気づいていたんだよ。どうせあれだろ。俺より先に次期勇者を始末して、手柄を横取りしようってんだろ。こっちの世界に来た理由もそれだな？」

『ななっ⁉　そ、そんな、けけ、決して、そそそ、そんなつもりでは……』

動揺しすぎだ。

「言っとくけど無駄だぞ。魔王様からの勅令は、次期勇者の魂を奪って、二度と生まれ変われないようにしてこいってことなんだ。それができるのは、死刻神将《しこくじんしょう》の俺だけ。だからお前が殺したところで、手柄になるどころか処罰を受けるのがオチなんだよ」

『……なんですって。それは本当ですの？』

やっと自分がパチュアだって認めやがったな。

「ああ。だから諦めて、おとなしくしてろ。余計な真似《まね》をすると、ゼルファリアに帰るときも置いていくからな」

ゼルファリアに帰るためには、もう一度秘宝『常闇《とこやみ》の短剣』で次元の壁に亀裂を入れる必要がある。もちろんそれは、俺が厳重に保管している。

こう言えばパチュアは退くかと思ったんだけど。

『……わたくしの野望を阻《はば》むための嘘《うそ》ですわね』

マジか、こいつ。

「いや、嘘《うそ》じゃねーって！　俺は本当に魔王様から……！」

『だってわたくしはそんな話、聞かされていませんもの。ナラクさんこそ、ずいぶんわかりやすい嘘《うそ》をつかれるのですね』

「だから嘘《うそ》じゃねーって言ってるだろ！」

『だったら、魔王様に直接お伺いしますわ。次期勇者の亡骸《なきがら》を献上したあとでね！』

そこで通話は、ぶつりと切れた。あとは何度かけ直しても、パチュアは出なかった。

あの野郎……どこまでバカなんだ……！

めちゃくちゃ腹が立ったんで、思わずスマホを握りつぶしそうになった。ちょうどそこで。

廊下の奥から、乃愛が歩いてきた。

さすがにパチュアはまだ、こいつが次期勇者だって気づいてないと思うけど……。

そんな不安を覚えつつ、俺は乃愛に声をかけた。

「よう。やっぱ病院に行ったんだな。もう大丈夫なのか？」

「うん」

やけにそっけない。まあ授業中だし、あんまり廊下で喋《しゃべ》ってるわけにもいかないか。

乃愛は教室のドアに手をかけたところで、振り返った。


「――婚約者、いたんだね」


「は、はあ⁉　お、おい、ちょっと待て！　お前まさか、パチュアと会ったのか⁉」

ドアを押さえつけて叫んだ。

「パチュアさんって言うんだ。綺麗《きれい》な人だね。式には呼んでね」

「ち、違うんだって！　俺とあいつは別にそういう関係じゃなくて……！」

乃愛《のあ》は俺を無視して強引にドアを開けると、むくれた顔で教室に入っていった。

くそっ、なんなんだよ！　婚約者って言っても形だけなのにさ！

……いや、待て待て。そんなことよりも、パチュアと乃愛が出会っていたことのほうが問題じゃね？　乃愛に危害を加えられた様子はないし、まだ次期勇者だってことはバレてないんだろうけど……バレたら終わりだったんだぞ、これ。

昼休み。

俺はマユリタとイグレシオを集めて、緊急会議を開いていた。いつもは屋上でやってるんだけど、今日は視聴覚室。ここなら防音がしっかりしているし、暗幕のカーテンも閉めているんで、パチュアに聞き耳を立てられたり、遠くから見られたりすることもない。

「――――つまり火急の問題は二点だ。パチュアが次期勇者を探し出して、抹殺しようとしていること。そして乃愛には、俺とパチュアが結婚するつもりだって思われちまったことだ」

イグレシオが首を傾《かし》げた。

「あの、一点目はわかるのですが、二点目はどのあたりが火急の問題なのでしょう?」

「ああ? そんなのあれだろ。勘違いされたままって嫌じゃねーか」

「は、はあ……」

あれから何度か乃愛に話しかけてみたけど、全部無視。せっかく話をしたり、遊びに行ったりできる関係になったと思ったら、また逆戻りだよ、ちくしょう。

「てか、私のスマホを盗んだパチュアさんなんて、もう殺しちゃいませんか?」

カフェラテをストローで飲んでいたマユリタが、ふてくされて言った。

「なっ、なにをバカなことを!? パチュア様のカルディナーレ家は、狂獣神将《きょうじゅうじんしょう》ダンタリス様の親戚筋にあたる名門なのだぞ!?」

イグレシオはそう言うけど、俺はマユリタの意見も一理あると思っている。

「……もしパチュアが本気で次期勇者を殺すつもりなら、止めなきゃならん。たとえパチュアを殺すことになってもな」

「な、ナラク様まで、なにを……!?」

「パチュアは狂獣魔団《きょうじゅうまだん》の副官ってポジションにいるくせに、俺が魔王様から受けた勅令の内容を正確に把握してなかった。男嫌いなあいつは、きっと上官のダンタリスとも距離を取っていたから、知らなかったんだろ。つまりこれは、副官としてのあいつの責任問題でもある」

「し、しかしですな。それを言うなら、きちんとパチュア様にお伝えしなかったダンタリス様にも責任がおありかと……」

「……どうしたんだよ、イグレシオ？　やけにパチュアの肩をもつじゃねーか」

マユリタが口元に手を当てて、にしし、と笑った。

「イグレシオ様、ひょっとしてパチュアさんが好きなんですか？」

「なっ!?　おお、恐ろしいことを、口にするな！」

……だよな。こいつに限って、さすがにそれはないと思うけど。

「私は魔王軍の同胞であるパチュア様を手にかけるなど、あってはならないと申し上げているだけです！　仮にパチュア様が嵐渡乃愛を殺そうとしても、どうせ例の自動反撃に阻《はば》まれるだけで不可能ではありませんか！　だったら放置していても問題ないはずですぞ！」

「うーん、どうでしょうか」マユリタが真剣な顔で唸《うな》る。「自動反撃って、嵐渡乃愛にさわったら発動するんですよね。殺すだけなら簡単だと思うんですけど」

俺も同意見だった。

試してないからなんとも言えないけど、直接さわらずに殺す方法ならいくらでもある。たとえば飛び道具。パチュアの獣人化能力を使えば、どこかで調達してきた岩を落として圧殺することも可能なんじゃないか……ぺちゃんこになった乃愛を想像すると、めっちゃ不安だ。

「パチュアはもう、乃愛に会ってるんだ。いまのところ、乃愛が次期勇者だってことには気づいてないみたいだけど、正直俺は、いつバレるか気が気じゃない。バレたら乃愛は、間違いなく殺されるんだぞ」

「ナラク様が魂を抜く前に、ってことですよね」

マユリタが補足してくれたんで、頷《うなず》く。

「もちろん俺だって、パチュアを殺したくはねーよ。だけど、あいつが次期勇者を殺そうとしている以上、なんとか止める方法を考えないと。お前らもなんか意見を出せ」

「僭越《せんえつ》ながら、ナラク様」イグレシオが軽く手を挙げた。「思ったのですが、パチュア様を止める方法を考える前に、ナラク様が嵐渡乃愛の魂を抜いてしまえば、すべて解決するのでは」

…………は？

「いや、だから俺はまだ、乃愛の胸にはさわれないんだってば」

「最近お試しになられましたか？」

……最後は乃愛の家でゲームをやったときで、もう一週間ほど前になる。

イグレシオは続ける。

「私が思うに、ここ最近のナラク様は、ずいぶん嵐渡乃愛と仲良くなられたご様子。もしかすると今なら、抜魂葬送《ばっこんそうそう》も可能かもしれませんぞ」

「えっと、いや、だって俺、乃愛と恋人にならなきゃ……たぶんダメだろ？」

同意を求めるようにマユリタを見たんだけど、

「とりあえず、一回試したらいいんじゃないですか？」あっさり言われた。「もしそれでダメだったら、そのときはパチュアさんを殺すってことで」

「だから滅多なことを口走るなと言っている！」

イグレシオは怒声をあげたあと、俺を見た。

「しかしナラク様、マユリタの意見は半分正解ですぞ。同胞を手にかけることを考えるより、先に勇者をどうにかする方法を考えるべきです」

正論すぎる。俺たちの任務は乃愛の魂を抜くことで、パチュアを止めることじゃないし。

いや、それはわかってるんだけどさ。なんだろ。なんか気が進まないんだよな。たぶんあれだ。自動反撃ってかなり痛いから、びびってるんだよ、俺。くっ、こんなことじゃ、《冥王》の異名が泣くぞ。

「ふわぁ……とりあえず教室に戻ったら、さっそく嵐渡乃愛の胸、さわります？」

マユリタがあくびを嚙《か》み殺《ころ》しながら言った。

「……いや、人がいる前だと、さすがにやりにくい。やるとすれば放課後なんだけど、たぶん俺を見張ってるパチュアが、なんか横槍《よこやり》を入れてくるんじゃないかと……」

「それなら私、いい考えがありますよ。まあ、任せてください」

自分の胸をぽんと叩《たた》くマユリタ。

本当に俺、乃愛の柔らかそうなあれに、さわれるのか……？

◇　◇　◇

放課後を告げるチャイムが鳴った。

しばらくすると、校舎の昇降口から、生徒たちがぞろぞろと吐き出されてくる。パチュアは神原《かみはら》高校の上空から、その様子を睨《にら》みつけていた。

「どうやら今日の授業は終わりのようですわね。さて……」

パチュアはまだ動かない。ナラクが校舎から出てくるのを待っているのだ。

ナラクは任務の内容について、次期勇者の魂を抜いて、永久に生まれ変わりを防ぐことだと言った。事実かどうかは知らないが、パチュアはどうでもいいことだと思っている。どうせこの世界にいる魔族は、ナラクたちと自分だけ。言い訳はいくらでも効くのだ。

たとえば次期勇者を殺したあと、ナラクが保管している『常闇《とこやみ》の短剣』を奪って、自分だけゼルファリアに戻ればいい。そして魔王に「ナラクたちは次期勇者に返り討ちにされたので、ひとまず自分が仇《かたき》を討って急場をしのいだ」と言えばどうか。生まれ変わりの問題は残るが、とりあえず勇者の襲来を未然に防いだことになるのだから、必ず報奨はあるはずだ。

ナラクたちをこの世界に置き去りにすることには、多少良心の呵責《かしゃく》を覚える。でも「清楚《せいそ》にして可憐魔団《かれんまだん》」をつくるためには、仕方のない行為だとパチュアは考える。

「ふふ、わたくしはなんて賢いのでしょう。自分で恐ろしくなりますわ」

さっきの電話で、わざわざナラクに次期勇者の抹殺を宣言したのも作戦だった。単細胞なナラクのこと。それを言われたら、先回りするためになんらかの行動を起こすに決まっている。その現場を押さえたら、きっと次期勇者についての情報が見えてくるはずなのだ。

「……ほら、さっそく怪しい行動に出ましたわ」

ようやく昇降口から姿を見せたナラクは、マユリタと合流して校舎裏に向かった。パチュアもそれを追う。ナラクたちは小声でなにか話しているため、上空にいるパチュアはうまく聞き取れない。

こっそり地上に降りた。近くの茂みに素早く隠れて、ナラクとマユリタの会話を盗み聞く。

「わかってますよねナラク様。もうのんびりできない状況なんです」

「ああ、それはわかってるんだけど……でも本当にあいつが、次期勇者なんだろうか」

やはりナラクたちは、とっくにターゲットの目星をつけている。あくまで目星をつけているだけで、まだ確証までは得られていない様子だが。

それならそれで構いませんわ。あとはこっちで見極めてやるだけですもの。

「その尻尾を摑《つか》むために呼んだんでしょ。あ、さっそく来ましたよ、ナラク様……！」

え、まさか次期勇者が、ここに来る……⁉

パチュアはナラクたちの視線をたどる。校舎の角を曲がってやってきたのは――、

金髪の男子生徒だった。


「おー、奈楽。なんだよ、急に呼び出して。青春でもブチかます気か？」

なるほど……あの男に次期勇者の疑いをかけているのですね……！

金髪と合流したナラクたちは、三人揃《そろ》って歩き出した。これからどこかに行くらしい。

パチュアはもう少し様子を見るため、尾行を始めた。

◇　◇　◇

久保島純平《くぼじまじゅんぺい》は放課後、奈楽から「あとで校舎裏に来てくれ」と言われたので行ってみれば、

なぜかそこにはまゆりもいた。そしてそのまま、三人で遊びに行く流れになったのだ。

奈楽とは何度か遊んでいるが、まゆりも一緒なのは初めてのこと。人通りの多い夕方の駅前を歩きながら、久保島は奈楽に尋ねる。

「別にいいんだけどさ、なんで今日はまゆりちゃんも一緒なんだ？」

「あー、えっと、それはだな……」

奈楽が口ごもっていると、隣のまゆりが、にっこり笑って言った。

「私が久保島先輩と遊んでみたいって言ったんですよ」

………なんで？

久保島は疑問しかない。まゆりとは何度か話をしたことがあるだけで、そんな伏線はまったくなかったのだが。

「……すまん久保島。勝手にこんなことに巻き込んじまって」

奈楽が小声で謝ってきた。

「絶対にうまくやってやるから、お前はなにも心配するな。いつもどおりでいてほしい」

うまくやるって、さっきから一体なんの話だ……？

そんな奈楽は、やがて少しの間を置いたあと、

「あー、なんか急に、お腹《なか》が痛くなってきたぞー。そこの喫茶店で、トイレ借りてくるわ」

妙にわざとらしい口調で言った。なぜか大声で。

そして久保島とまゆりに向けて、両手を合わせた謝罪のジェスチャーを作ると、傍《そば》の喫茶店に駆け込んで行った。

唐突にまゆりと二人きりにさせられた。まゆりは困惑する久保島に笑顔を向ける。

「ねえ、久保島先輩。今のうちに、二人でどっか行きませんか？」

「え？」

……ちょっと待て。この状況ってまさか、青春ラブコメでよく見る、例のやつじゃ……？

久保島は一応言ってみた。

「で、でも、奈楽を待ってやらないと」

訝《いぶか》しむ気持ちを吹き飛ばしたのは、マユリタのこんなひと言。

「私、久保島先輩と二人だけでご飯に行きたいです」

………………マジかああああああああああああああああああ⁉

やはりさっきの奈楽の発言は、例のやつだった可能性が高い。久保島が言ってみたい青春系セリフランキング第三位、男女を二人きりにさせるための「あー、俺ちょっとトイレに行ってくるわ」を、まさか自分が言われる立場になるなんて。

ちなみに第二位は「お前ら毎日ケンカばっかで、よく飽きねーな」で、第一位は「いいから行けよ！　お前はあいつが好きなんだろ⁉」だ。つくづく自分は脇役属性だと思う。

「ほら、早く行きましょうよ。そこのシオンモールでどうですか？」

まゆりに手を握られた。なめらかで柔らかく、温かい手だった。

久保島の脳を占めているのは、歓喜一割、恐怖二割、疑問七割。ようするに混乱しているのだ。一体どうしたらいいのか、皆目見当がつかない。

……これ、どういう状況？　なんで奈楽は俺とまゆりちゃんを二人きりにしたんだ？　まさか、まゆりちゃん、俺のことを……⁉　い、いや、さすがにそれはない、よな……。

「あれ、久保島くん？」

思考の迷路に陥っていた久保島は、ふと誰かに声をかけられた。まゆりではない、それは。

「あ……もしかして、デート中、だったとか？」

まゆりを見て、遠慮がちに笑っている乃愛だった。

「え、嵐渡乃愛……⁉」

なぜかまゆりは、大げさに驚いている。

「あ、えっと、ちゃんと話をするのは初めてだよね。まゆりちゃん、って呼んでいいのかな。私、久保島くんのクラスメイトの、嵐渡乃愛って言います」

「いや、知ってますけど……」

まゆりはやけにそわそわしていて、妙に落ち着きがない。

変な間が空いたので、久保島は乃愛に問いかけた。

「嵐渡の家って、こっちの方角じゃないよな。シオンモールに用事があるのか？」

「ううん。そうじゃないんだけど、なんか奈楽くんが、向こうの公園に来て欲し」

「わあああああああああああああああああ！」

急にまゆりが、大声をあげた。周囲の通行人も何事かと振り返るほどで。

「とと、とにかく、私と久保島先輩はこれからデートなんです！　用事があるなら、さっさと行ってください！」

やけに必死。まるで乃愛の話を聞きたくないような印象だった。

「あ、そ、そうだね。邪魔してごめんなさい。久保島くんも……また、お話を聞かせてね。いろいろと」

乃愛は柔らかい含み笑みでそれだけ言い残すと、ぱたぱたと駆けていった。

まゆりは「ふう」とため息をついたが、まだ少し不安そうな顔をしている。

久保島は思った。いま乃愛は、奈楽に呼び出されていると言いかけた。ということは。

脳内の青春演算システム『青い春』が、一瞬で回答を導き出す。

奈楽がトイレに行ったのは、まゆりと二人きりにさせるためというより、どこにでもついてくるまゆりを引き離して、自分はこっそり乃愛とデートに行くため。まゆりはそれに気づいていたからこそ、自棄《やけ》になって食事に誘ってきた。

そう結論づけた久保島は、脳内で「甘酸《あまず》っぱい相関図」を思い浮かべてみた。

（嵐渡）↑好き↓（奈楽）↑好き↑（まゆりちゃん）　孤島（俺）

……うむ、これでこそ俺。いつもどおり、見事な脇役だ。

憧れのポジションのはずなのに、なぜか切なくなってきた。そんな久保島に、まゆりは優しく微笑《ほほえ》みかけてくる。

「さ、久保島先輩、私たちも行きましょうよ。どこでご飯食べます？」

「……え、本当に行くの？　別にやけっぱちなら、俺は全然」

「あははっ、なんの話ですか。私、前から久保島先輩に興味があったんですよねー」

やばい……この笑顔にやられそうだ。

まゆりがまた手を握ってくる。久保島にはそれが、天使が差し伸べる救いの手に思えた。

◇　　◇　　◇

喫茶店のトイレの窓から脱出した俺は、少し離れた児童公園にやってきた。

一応あたりを確認してみたけど、パチュアはいないみたいだ。つーか、この公園には俺以外に誰もいない。ひとまず、ここまでは順調だな。

昼休みにマユリタの作戦を聞いたときは、さすがにびびった。パチュアが監視してるんだったら、それを逆手にとって久保島を次期勇者だと思い込ませよう、なんて言うんだから。マジで鬼かと思ったぜ。

でも久保島は人間界最強の男だし、マユリタとイグレシオもしっかりフォローするって言ってくれたんで、俺は後ろ髪を引かれる思いでその囮作戦《おとりさくせん》を飲むことにした。いまパチュアは、マユリタと一緒にいる久保島に張り付いているはず。イグレシオは、そんなパチュアをさらに尾行する役割だ。妙な動きがあれば、すぐに止めろって伝えてある。

そうやって、パチュアの意識をそっちに向けている間に――。

「奈楽くん」

ちょうど乃愛がやってきた。これが作戦の全容だ。パチュアの監視をかいくぐって、俺はあらかじめ呼び出しておいた乃愛と接触。あとは乃愛の胸をさわるだけ……って、なんだかこの言い方、やだな。抜魂葬送《ばっこんそうそう》で魂を抜くって意味だぞ。

「話があるって言ってたけど、なに？」

相変わらず乃愛はそっけない。

「あー、えっとだな……」

胸をさわらせろ、なんてさすがに言えないしな。いや待て。別に言う必要ないだろ。どうせ魂を抜けば乃愛は死ぬんだから。ここはなにも言わず、がばっといくのが正解じゃないのか。

……頭ではわかってるんだけど、いざその場面に直面すると、これがなかなか……。

「婚約者のことだったら、別に気にしてないよ」

俺がなにも言わないんで、乃愛からそんな話を切り出してきた。

「……あは。私、なに言ってるんだろうね。そもそも気にするような間柄でもないのに」

胸がずきんとした。なんだこれ？　よくわからないけど、なぜか乃愛にパチュアとの関係を勘ぐられるのは、いい気がしない。

「だから何度も言ったじゃねーか。俺とパチュアはなんでもないって」

「嘘《うそ》だよ」乃愛は小さく言った。「だってパチュアさんは、婚約者だって言ってたもん」

「それは親が勝手に決めただけで、本当になんでもないんだってば！」

つい声が大きくなる。こうなると乃愛も、同じように返してくるんだ。

「別に私、気にしてないし！　結婚するならするって、素直に認めたらいいのに！」

「だから俺たちにそんな気はねーんだよ！」

「それが本当なら、パチュアさんだってわざわざ、『結婚を誓い合った仲』なんて言わないはずだよ！」

「知るかそんなの！　てか、なんでお前が怒ってるんだよ!?」

「わ、私、怒ってなんか……！」

乃愛はそこでため息をつくと、鎮火したように静かに言った。

「……もういい。こんなことで奈楽くんとケンカしたくない。私、帰る」

「おい、待てってば！　俺の話を聞けって！」

背を向けた乃愛の前に回り込んだけど、脇をすり抜けられた。

くそっ、なんで俺、こんな必死になってんだよ⁉　わけわかんねーし、やたら腹立つし、もうさっさと魂抜いてやる！　自動反撃があろうと、もうどうでもいいわ！

右手に魔力を集中させる。死を象徴する黒いオーラがぼんやり宿った。あとは公園から出て行こうとしている乃愛に後ろから飛びついて、この手を胸に押し当てるだけ。

ほ、本当にやるからな、俺……！　本当だからな……！

ためらいがちに一歩踏み出したところで。

やたらかっこいい黒塗りの車が、公園の傍《そば》に停車した。その中から、黒スーツを着た痩せ型のメガネの男が出てくる。俺はとっさに、右手の魔力を消した。

「お迎えにあがりましたよ、お嬢」

嵐渡組のヤクザらしい。どうりで身を刺すような殺気を匂わせているわけだ。

そいつと乃愛の会話を横から聞くに、メガネの男は若頭って奴なんだと。若頭は朝から体調を崩していた乃愛のために、さっき学校まで迎えに行くっていう連絡を入れたそうだ。乃愛は公園に寄るからいいって断ったけど、結局はここまで探しにきたらしい。

乃愛はふてくされた様子で言った。

「わざわざ来なくていいって言ったのに……」

「いえ、ちょうど近くで闇金のキリトリに同行していたんで、むしろ好都合でした。だから、お気になさらず」

キリトリって言葉の意味は知らねーけど、乃愛は明らかに嫌そうな顔をしていた。

「さあ、お嬢。車に乗ってください。病み上がりの体で遊び歩くのはよくない」

「うん……」乃愛は一度俺を振り返ると、「奈楽くん、さっきは怒鳴ってごめん。また明日ね」

それだけ言って、若頭に促される形で車に乗り込んだ。

残った若頭は俺に近づくと、ドスの効いた声でこう言った。

「……お前、組長のお気に入りかもしれねーけど、あまりお嬢に馴《な》れ馴《な》れしくするなよ。お嬢とお前は、住んでいる世界が違うんだ。わかるよな？」

もちろんわかる。だって実際、住んでいる世界が違うんだから。

若頭は機嫌が悪そうに舌打ちした。

「ちっ……怖がりもしねーのか。かわいげのないガキだ」

そして車に乗り込むと、やかましいエンジン音をあげて走り去った。

しかしあの車、めっちゃかっこいいな。ラジコンにないかな。今度探してみよ。

……あ、しまった。結局、乃愛の魂、抜いてねーじゃん。

タイミングを逸した俺は、一旦帰ることにした。乃愛が自室でひとりになる時間を見計らって、今度こそ魂を抜きに行くんだ。

そのときに、パチュアと結婚する気はないって、ちゃんと説明しよう。

…………って、さっきから俺、なんかおかしいぞ。これから殺す奴の誤解なんて、わざわざ解く必要ないのに。でも、なんかこのままじゃ嫌なんだよな。うーむ。

考えながらアパートの前まで来ると――――マユリタとばったり出くわした。

「ナラク様！　ちょうどよかった！」

「え……なんでお前が、こんなところにいるんだ⁉」

びっくりしすぎて、声を荒げた。久保島を守れって命令していたのに。

「久保島はどうしたんだよ⁉」

「あ、えと。久保島先輩なら、もう帰りました」

「帰った⁉」

俺たちの策略で、久保島はパチュアに命を狙われている。そんな久保島をひとりにするってことは、火事になっても消防車が発進できない状況と同じだ。

「お前が消防車だろうがぁ……ッ！」

「はい？　まあ、あれからいろいろあったんですよ。だから私、ナラク様を探しに……」

「なんかあれば、すぐ連絡しろって言ったはずだぞ！」

「だって私のスマホ、パチュアさんに取られたままですし。あ、ナラク様、どこに⁉」

　こんなやりとりも時間の無駄だ。俺はまだなにか言おうとしていたマユリタを残して、急いで久保島の家に向かった。

　くそっ、やっぱこんな作戦、乗るんじゃなかった！　俺が軽率だった、すまん久保島……！


　走りながら何度もスマホで電話をかけたけど、久保島は一向に出てくれない。

　パチュアの野郎、俺の領民……いや、友達に手を出してたら、絶対ブチ殺してやるからな！

　不安に駆られたまま、俺は一度だけ来たことがある久保島の一軒家に到着した。突き破る勢いでインターホンを鳴らし、家人に久保島を出せと叫ぶ。

　するとやがて。

「おー、悪い奈楽。ちょっと風呂《ふろ》に入ってたんだ」

　ジャージ姿の久保島が、玄関先に姿を見せた。

　無事……なのか？　よかった……。

「……お前をひとりにして悪かった。怪我《けが》とかしてないか？」

「ん？　ははっ、ちょっとやばいかなって思ったけど、なんとか大怪我《けが》もなく乗りきったよ」

久保島は照れたように頭を掻《か》いた。

やっぱりこいつ、パチュアに襲われたのか。やばいと思ったって言うわりには、無傷でぴんぴんしてやがる。相手は狂獣魔団《きょうじゅうまだん》の副官なのに、感動さえ覚えるぞ。

「……さすがは人間界最強の男だな。二分で千人を倒せるって話も、どうやらマジらしい」

「ああ、それな。いまは二分切りが目標なんだ。装備次第では一分以内だっていけるかもよ」

「ははっ、頼もしい奴だな。それでこそ俺の友達だ。あいつを追い払える奴なんて、なかなかいねーぞ」

「追い払う？　いや、まゆりちゃんは自分から帰ったんだよ。なんか急用ができたとかで。俺が大怪我《おおけが》しなかったのは、あんまり話す時間がなかったからかな。ははっ」

「ん？　なんの話だ？」

「いや、お前こそ」

……なんか噛《か》み合《あ》ってない気がするけど、まあ久保島が無事だったなら、それでいいか。

すると久保島は、こんなことを言ってきた。

「ところで奈楽。お前こそ嵐渡とはうまくいったのかよ。こっそり密会してきたんだろ？」

「え？　な、なんでそれを知ってるんだ？」

「お前が『ちょっとトイレに行く』なんて青春セリフを残して消えたあと、すぐに嵐渡と会ったんだよ。そこであいつに教えてもらったんだ。これから奈楽と会う約束があるって」

「な、なんだと……それはあの駅前でか⁉」

「ああ」

あそこにはパチュアがいた。尾行を命じていたイグレシオから「人混みに紛れて、すぐ後ろにいる」って連絡も受けていた。つまりあいつは、俺たちの会話を盗み聞きできる距離に隠れていたんだ。

そこでパチュアに、乃愛と俺がこれから会うなんて話を聞かれたら、俺がトイレに行くって言ったことも、嘘《うそ》だってバレた可能性が高い。

そんなパチュアが次に取る行動は——俺を尾行すること⁉　もしかしてあいつ、公園で俺と乃愛が会っていたところを見ていたとか⁉

「なあ、奈楽。お前は嵐渡と密会するために、俺にまゆりちゃんの相手を任せたんだろうけどさ。もしかすると俺、本気でまゆりちゃんのこと……」

「すまん久保島！　話はまた今度だ！」

嫌な予感がしまくりだったんで、俺はすぐに駆け出した。もちろん乃愛の家に向かって。

◇　◇　◇

時間は少し遡る。

パチュアは上空から、嵐渡乃愛が乗った黒塗りの車を追いかけていた。

「ふっ、ナラクさんたちも、つまらない策略を練りましたこと。このわたくしを出し抜こうなんて、五百年は早いですわ」

ナラクたちが次期勇者の疑いをかけている人物は、金髪の男ではなく、嵐渡乃愛と呼ばれる女の子で間違いない。パチュアはそう確信していた。


最初はまんまとハメられて、金髪の男が次期勇者だと思い込んでいた。だからこっそり尾行して、様子を窺《うかが》っていたのだ。途中、ナラクがトイレに行くと言って、場を離れる。そのあとやってきたのが乃愛で、彼女はナラクからどこかの公園に呼び出されていると言った。

目の前にいる次期勇者らしき人物よりも、女の子とのデートを優先する。それはどう考えても、ナラクのキャラではない。

パチュアはそこで、金髪の男は囮《おとり》ではないかと思い至った。

勇者は魔族にさわられると、拒絶反応を示すという。自分だって男にさわられたらぶん殴るし、そんなの勇者に限らず、誰でも似たようなものだろうと思っていたが、ひとまず金髪の男で試すことにした。マユリタに姿を見せるのはためらいがあったが、不信感のほうが勝った。

「おっと、申し訳ありませんわ」

通行人のふりをして、マユリタと一緒にいる金髪の男にぶつかってみた。向こうは拒絶反応を示すどころか、

「いえ、お姉さんこそ、大丈夫ですか？」

こちらを気遣ってきた。自分が所属する狂獣魔団《きょうじゅうまだん》にはいないタイプの、いい人だった。

パチュアは思う。この男は高い確率で、次期勇者じゃない。ということは、やはりナラクがこれからどこかの公園で会おうとしている乃愛こそ、本命――。

マユリタは「スマホ返せ」とわめいていたが、構っている暇はない。ナラクがトイレを借りに行った喫茶店の裏に回り込むと、

「パチュア様、どちらに行かれるのです⁉」

イグレシオが立ちふさがった。パチュアが金髪の男を尾行していたように、イグレシオもまた、パチュアを尾行していたのだ。

彼にも構っている暇はない。パチュアは両手を獣人化して、タコ殴りにした。イグレシオは漆黒の甲冑《かっちゅう》を召喚して身を守ったが、関係なくタコ殴りにした。ナラクと連絡が取れないように、彼のスマートフォンも握りつぶした。

イグレシオを退けたあとは、空を飛んで近くの公園を手当たり次第に探し回った。

やがて乃愛と口論中のナラクを発見。それは次期勇者と雌雄を決する戦いというより、ただの情けない痴話喧嘩《ちわげんか》に見えた。もしかすると、本当にデートなのかもと疑ったほどだ。

ただ、ナラクは右手に魔力を集中させて、抜魂葬送《ばっこんそうそう》を使おうとした。あの男は魔族の間でこそ恐れられているが、人間を殺そうとしたことは今まで一度もない。

もし人間を殺す理由があるとすれば――――それは相手が次期勇者だから。

ナラクは乃愛を迎えに来た車を見て、あっさりと引き下がった。その理由はよくわからないが、絶好のチャンスだと思った。次期勇者の正体が判明し、ナラクも引き下がった今、パチュアを邪魔する者は誰もいないのだから。


乃愛を乗せた車が、巨大な屋敷《やしき》の前に到着した。車から乃愛とメガネの男が降りてくる。

空を飛んでいたパチュアは地上に降りて、近くに電柱の陰に身を潜めた。

……それにしても意外でしたわ。次期勇者は粗暴で野蛮な男を想像していたのに、あんなにかよわい女子だったなんて。人間の神も無慈悲な選択をするものですわね……。

女の子を手にかけることは、あまり気が進まない。しかし、「清楚《せいそ》にして可憐魔団《かれんまだん》」を結成するという野望のためには、やるしかない。乃愛たちが乗っていた車をひっくり返して、メガネの男ごと乃愛をぺしゃんこにしようと思った。せめて苦しまないように一瞬で。

電柱の影から飛び出そうとしたところで。

「私が誰と遊ぼうが、関係ないじゃない！」

乃愛の怒声が耳をつんざいた。メガネの男に対して怒っているらしい。

メガネの男は冷静に返す。

「ですが、お嬢は嵐渡組組長の一人娘です。素性の知れない相手には、人一倍注意を払っていただかないと。先日も佐和田組の交渉材料として、池本たちに拉致されたところでしょう」

乃愛は制服の袖で目元をぐしぐしとこすりながら、涙声で、ぽつりと言った。

「――私だって、好きでこんな家に生まれたわけじゃないのに」

「……え」

つい声が漏れた。飛び出そうとした足がぴたりと止まる。別の思考が脳を独占する。

好きでこんな家に生まれたわけじゃない――ですって……？

パチュアが隠れて見ていることにも気づかずに、乃愛は続ける。

「生まれた家のせいでみんなに怖がられるし、避けられるから、私ずっと友達ができなかったんだよ……！」

待って。ちょっと待って。それって――。

すごく、わかる……ッ！

詳しい事情は知らない。ただ、乃愛が出自のせいで苦労していることだけはわかった。

パチュアも好きで、代々狂獣魔団《きょうじゅうまだん》の副官を務めてきたカルディナーレ家に生まれたわけではない。魔王軍にも興味はなかった。ただ同世代の女子たちと、仲良くしたかっただけなのだ。

しかし家柄のせいで半強制的に狂獣魔団《きょうじゅうまだん》の配属となり、むさ苦しい男ばかりに囲まれることになった。女の子はみんなパチュアを避けた。友達は誰もできなかった。生まれた家に未来を決められる。そんな環境を嘆いて、ひとりで涙を流したことは何度もあった。

眼前の乃愛も、かつての自分と同様に涙を流しながら、メガネの男に言った。

「……ずっとみんなに避けられていた私だったけど、やっと仲良くできそうな友達ができたんだよ。だけど、それすらも家の事情で遊ぶなって言うの……？」

「そこまでは言っていません。ただ、あの男はヤクザに怯《おび》えないばかりか、佐和田組を潰したなんて嘘《うそ》をついてまでお嬢に近づく怪しい輩《やから》。組長《オヤジ》はともかく、嵐渡組の組員は全員、あの男を好きではありません。だから適度な距離をもっていただきたいと」

それは暗に、「関わるな」と言っているようなものだ。

「……わかった」

乃愛は小さくつぶやいた。

せっかくできた友達さえも、家の事情で引き離される。なんとむごい話だろうか。パチュアはまるで自分のことのように悲しくなって、目尻をそっと拭った。しかしだ。

次に乃愛が口にした言葉は、暗闇を切り裂く一条の閃光《せんこう》となった。

「もう家のことなんて、気にしないことにする。だって、好きな人と仲良くしたいっていうのは、私自身の気持ちだから。家の事情なんかに左右される筋合いはないもん！」

「あ、お嬢、どちらへ!?」

乃愛はメガネの男を振り切って、どこかへ駆け出していった。

「…………」

パチュアは半ば放心状態で、電柱脇のブロック塀に背を預けた。そして両手で口元を覆う。

な、なんて勇ましい言葉ですの…………ッ！

すさまじい感動があった。

好きな人と仲良くしたいというのは、自分の気持ち。家の事情に左右される筋合いはない。

気弱な印象の乃愛から出たその言葉には、確固たる矜持《きょうじ》と、格調高い気品すら感じさせた。

自分と似た境遇なのに、家に縛られることなく友達を作ろうとするすごい人。華奢《きゃしゃ》だけど、
凛々《りり》しくて、神々《こうごう》しくて――――とても強い人。

パチュアは飛翔《ひしょう》して、走り去った乃愛を追いかけた。

屋敷《やしき》の裏手にあたる路地で追いつき、その素敵な少女の前に着地する。

「わわっ!?　え、いま、どこから……？」

驚く彼女の両肩をがっちり掴《つか》んだ。

「乃愛さん！　わたくし、さっきの発言に強い感銘を受け――――――！」

その瞬間。

乃愛の周囲に出現した光の剣に身を貫かれて――――爆発した。

すっかり忘れていた。乃愛が次期勇者だということを。こんな力があるなんて、聞いてなかったが。

パチュアは気の抜けた風船のように、情けなく民家の屋根まで吹き飛ばされて。

意識を失った。

◇　◇　◇

久保島の家をあとにした俺は、乃愛の家に向かって、暗い夜道をひたすら走っていた。

公園で乃愛と別れてから、もうずいぶん時間が経《た》っている。もしあの場をパチュアに見られていたなら、あいつも乃愛が次期勇者だって気づいたはずだ。俺、抜魂葬送《ばっこんそうそう》まで使おうとしたんだし。だったらパチュアは、とっくに乃愛を殺してしまっているかも……。

やばいぞこれ、やばいぞこれ――――――――！

急ぐあまり、何度も足がもつれそうになる。それでもなんとか転ぶことなく走り続け、ようやく嵐渡組のでかい屋敷《やしき》の裏手にたどり着いた。

二階の乃愛の部屋を見ると、電気がついていた。ちょうどそこで、俺のスマホにメッセージが届く。まさにその乃愛から。

『さっきまた、貧血で倒れちゃった（≧Д≦）私って本当にちり紙だよね。奈楽くんにもらった鉄アレイで、体鍛えてま〜す』

画像も送られてくる。メッセージ通り、ジャージ姿の乃愛が自分の部屋で、かっこいい鉄アレイを手にしている様子だった。

無事、なのか……？

スマホをポケットに入れようとした刹那。

ふいに、殺気を、感じ、
反射的に飛《と》び退《の》く。同時にその場所へ、空からなにかが落ちてきた。アスファルトが、炸裂《さくれつ》したように広く陥没する。

落ちてきたものは――――人だった。いや、正確に言えば、人ではなく魔族。

「よくかわせましたわね。さすがは六神将といったところでしょうか」

ドレスの裾を翻《ひるがえ》して身構える、パチュアだった。その自慢の青いドレスは、なぜか部分的に焼け焦げてボロボロだった。まあその理由なんて、今の俺にはどうでもいい。

「……お前、ここで、なにをしていたんだ？」

どうせ乃愛を殺しに来たんだろ？

その言葉はあえて伏せたんだけど、ふっと笑ったパチュアから漏れたのは、こんなひと言。

「乃愛さんをお守りしているんですの」

…………………は？

いやいや、え？　ちょっと待ってくれ。予想外すぎて、なんも考えられん。

「えっと、俺の聞き間違い……だよな？」

「いいえ。わたくしがいる限り、あなたは乃愛さんに、指一本触れることはできません」

「……ごめん、本気で意味がわからないんだけど」

パチュアは小馬鹿にしたように「ふう」と肩をすくめる。

「では、愚鈍なナラクさんにでもわかるように、言い直しましょうか」

そして、びしっと指を突きつけてきた。

「わたくし、パチュア・カルディナーレは、本日をもって勇者側につきますわッ！」


「はあああああああッッ!?」

ヒールを脱ぎ捨てたパチュアは、四肢をすべて獣人化させて飛びかかってきた。

肥大化したネコ科の右拳が、袈裟斬《けさぎ》りの軌道で走る。後ろにかわす。紙一重。寸分の間もなく、地を這《は》うような左拳が逆袈裟《ぎゃくけさ》に――右の靴底でパチュアの手首を踏みしめ、俺はそのまま後ろに飛ぶ。距離をとって着地。

「ちょ、ちょっと待て！　それじゃお前、乃愛が次期勇者だって知ってて……⁉」

「だからそう言っているのですわ！　乃愛さんは言いました！　仲良くしたいというのは自分の気持ちだと！　家柄や環境は関係ありませんし、それは勇者だろうとどうでもいいこと！　わたくしはあの方と仲良くなって………と、友達になりたいのですわぁぁッ！」

続いて、上段、中段、下段から繰り出される苛烈な連続攻撃。狂獣魔団《きょうじゆうまだん》副官の実力は確かなもので、防戦一方だとこっちがやられてしまう。

俺はそれらを受け流し、かわしながら、右手の上に紫電がほとばしる魔力の塊、黒球を生成する。それをパチュアめがけて投げつけた。

パチュアはドレスを翻《ひるがえ》しながら、右の後ろ回し蹴りでその黒球を簡単に爆散させる。

ま、マジで⁉　今の技は、数十人の小隊を一発で殲滅《せんめつ》できるほどの破壊力なのに⁉

さらに攻勢に出てくるパチュアと格闘しながら、俺は問いかける。

「勇者側につくなんて、お前、魔王軍はどうする気だ⁉　魔王様を裏切る気か⁉」

「野獣ばかりの狂獣魔団《きょうじゆうまだん》には、もとより未練の欠片《かけら》もありません！　むしろ乃愛さんを亡《な》き者にしようと企《たくら》む魔王軍など、わたくしが滅ぼしてやりますわ！」

「狂ったか、パチュアぁッ……！」

ちょうどそこで、二階にある乃愛の部屋の窓が、がらりと開いた。本人が顔を覗《のぞ》かせる。

「え、な、奈楽くん……⁉」

やばい、見つかっちまった。しかも門のほうから駆けつけてくるのは、

「うちの組の前で騒いでるのは誰だコラァァァァッ⁉」

嵐渡組のヤクザたちだった。ここは退散するに限る。適当な民家の屋根に飛び乗って、屋根伝いに素早く逃げた。

一方パチュアは、その場に残る選択をしたらしい。

なんて面倒な女だ……！　あんな奴が乃愛に張り付いてたら、ますます胸さわるどころじゃねーぞ……！

その日の夜、俺は何度か乃愛の様子を見るために戻ってきたが、たとえ深夜だろうと眠らず監視していたパチュアに毎回撃退された。

「いい加減、邪魔すんじゃねーよコラァッ！」

「それはこっちのセリフですわ！　もう乃愛さんのことは諦めなさいッ！」

どうやらパチュアは、本気で乃愛のボディガードに専念する気のようだった。

マジで、なんで……？

✿第六話♥「夢想する冥王」

「ほー、これが乃愛《のあ》さんの部屋……ほー。すんすん」

初めて入った、自分以外の女子の部屋。パチュアは感嘆の息をつきながら、つい匂いを嗅いでしまう。うまくたとえられないが、なんだか芳醇《ほうじゅん》な香りがした。

「え、えっと、とりあえず、座って」

乃愛が座布団《ざぶとん》を出してくれたので、ちょこんと座る。パチュアの好奇心はまだ収まらず、しばらくあたりを食い入るように見回し続けた。


さきほどパチュアはナラクを追い払ったあと、現場に駆けつけてきたヤクザたちに「賊がいたので撃退した」と告げた。それによって嵐渡組《あらしどぐみ》の屋敷《やしき》に招かれ、組長の勘蔵《かんぞう》と面会する流れになったのだ。

勘蔵はとても喜んだ。豪勢な食事でパチュアをもてなし、そのうえ宿泊まで勧めてくれた。なんでも、受けた恩はきちんと返すのが「ヤクザの仁義」らしい。

賊の話をあっさり信じてもらえたのは、パチュアのドレスがボロボロだったことと、屋敷裏《やしきうら》のアスファルトが陥没していたことが主な理由だった。

もちろんドレスが焼け焦げたのは、夕方、乃愛の肩をさわったことで発生した謎の爆発が原因だ。そこで意識を失ったパチュアが目を覚ますと、同様に気絶していた乃愛のもとに、組員が介抱しにくるところだった。そのときはとっさに隠れたので、誰とも顔を合わせていない。

それから約一時間。屋敷《やしき》の上空でぼんやり乃愛のことを考えていたら、ナラクがやってきたので、空から急襲。アスファルトの陥没はそのときにできたものだ。

これらの件について、パチュアは一括《ひとくく》りに「賊が爆弾を使った」と答えておいた。

さすがに怪しまれるかと思いきや、勘蔵は「ヤクザの家の前なら、たまにあること」なんて言っていた。この世界も案外物騒だとパチュアは思う。もちろん怪しまれずに済んだのは、パチュアが乃愛の知人だったことも要因のひとつだが。

こうして今晩、嵐渡組に泊まることになったパチュアは、乃愛から自室に誘われた。

二人とも同じ柄の寝巻き姿。女子とお揃《そろ》いというだけで、パチュアはとても嬉《うれ》しい。

「でも、本当によかったんですの？　ナラクさんのこと」

ガラステーブルの向かいに座る乃愛に問いかける。乃愛は紅茶入りのティーカップを口にしながら、おずおずと言った。

「と、当然だよ。奈楽《ならく》くんは私に用事があって会いに来たのかもしれないのに、それを賊だなんて……」

嵐渡組のヤクザたちに「賊を撃退した」と言ったパチュアは、当然相手の風貌などを尋ねられた。乃愛から「言わないで」と耳打ちされたので、黒いスーツの男だったと嘘《うそ》をついた。

「……なんで奈楽くんを追い払ったりしたの？」

恨みがましい目を向けられたので、パチュアは少し萎縮する。

「だ、だって、あの人を乃愛さんに、近づけたくないんですもの……」

「どうして？」

「そ、それは……」

ナラクは乃愛の魂を狙っているから。

余計な心配を与えたくないパチュアは、それを言わないつもりだった。だから返答に困る。

しばらくして乃愛は、はっと口元を手で覆った。

「……あ、ご、ごめんっ！　そ、そりゃそうだよね！　ああもう、私ってば、なんて鈍感なんだろ！　ちり紙すぎる……！」

「え、なにがですの？」

「だからその、こ、こんな時間に、奈楽くんが私に会いに来るなんて、そりゃパチュアさんからしたら、いい気しないよね……本当にごめんなさい」

なぜ謝られているのか、パチュアはよくわからない。

「その、奈楽くんには、ちゃんとパチュアさんのことも考えるように言っておくから……私ももう少し遠慮するね」

さっきから乃愛は、やけにナラクのことを意識しているように見える。

だから一応、尋ねてみた。

「まさかとは思いますが……ナラクさんが好きだなんて、言いませんわよね……？」

「えっ⁉」

乃愛は頬を真っ赤に染めた。そして必死になって。

「ち、ちちっ、違うよ！　奈楽くんだけは絶対にないから！　その、天地がひっくり返っても絶対にないから安心して！」

……ですわよね。ナラクさんは狂獣魔団にいたようなむさ苦しいタイプではありませんが、あんなガキっぽい俺様野郎、誰も好きになるはずがありませんし。

パチュアは胸をなでおろした。奇《く》しくも乃愛とまったく同じタイミングで、ティーカップを口に運ぶ。乃愛にふさわしい男はどんな人物だろう、と考えながら。

あれ？　ちょっと待ってください。

ふと気づいてしまった。女子二人だけのこの空間で、この手の話題って。

憧れのガールズトーク………⁉

それは女友達が誰一人いなかったパチュアにとって、雲の上の話題。やってみたくても絶対にできなかった垂涎《すいぜん》のテーマ。

パチュア自身は恋愛に興味がない。そもそも男に興味がないのだ。だけど女子同士が集まって、「好きな人」の話題で騒いでいる様子は、端から見ていて羨ましくて仕方がなかった。

男を寄せ付けない女子だけの会合。それがガールズトーク。女子同士の秘密の共有にして、友情の証《あかし》。パチュアがほしいのは、恋人ではなくそっちなのだ。

そしていま、自分たちが身につけているのは、ガールズトークを促進させる巫女服《パジャマ》。すなわちこれは、男子禁制の秘祭《パジャマパーティ》である。

わっしょい、わっしょい――。

耳の奥で、想像上の女子たちの囃子《はやし》が聞こえる。「恋バナ」と書かれた神輿《みこし》を担《かつ》いでいる光景が脳裏に浮かぶ。祭りなら、それを楽しまない手はない。

「乃愛さん！」パチュアは身を乗り出した。「い、いま、好きな男性は、いるんですのッ⁉」

初めて飛びつける話題だからこそ、つい力んでしまうのも無理はなかった。

「ええっ⁉」

乃愛は急に目を輝かせたパチュアに驚く。

「その反応は、い、いるんですわね⁉　だ、だれだれ⁉　わたくしの知ってる人⁉」

この『私の知ってる人？』というのは、ガールズトークで定番の祝詞《のりと》だと聞いている。

「そ、そんなの、言えるわけないよ……！」

「やっぱりいるんですのね⁉　恥ずかしがらずに、言っちゃいなよー⁉」

「てか、急にキャラ変わってない？　私もう寝るから、パチュアさんも部屋に戻って！」

乃愛は頬を真っ赤に染めながら、ベッドの中に潜り込んでしまった。

あとはなにを言っても、完全に無視。

拒絶と受け取ったパチュアは、しょんぼり肩を落とす。

「……勝手に舞い上がって、申し訳ありませんでした。おやすみなさい、乃愛さん」

ぺこりと頭を下げて、部屋を出た。乃愛からの返事はなかった。

パチュアは乃愛と仲良くしたいのだが、嵐渡組に招かれてからずっと、微妙な距離を感じている。女子と接することには不慣れなので、どうすればいいかもわからない。

「はあ、なんだか、うまくいきませんわね……」

物思いにふけりながら、自分にあてがわれた部屋の窓枠に腰掛けて、しっかりナラクの襲撃に備えていた。

◇　◇　◇

神原高校の昼休み。俺はいつものように校舎の屋上で、部下たちとメシを食っていた。

自作の唐揚げを口に運んでいるイグレシオの顔は、青アザだらけ。昨日の久保島を使った囮《おとり》作戦で、パチュアにタコ殴りにされたときの怪我《けが》だ。こいつは呪われた甲冑《かっちゅう》を召喚して装着できるのに、それすらも砕かれてボコボコにされたんだとか。マジでお疲れだぜ。

マユリタがカフェラテをストローで吸いながら、のんびりと尋ねる。

「イグレシオ様、まだ痛みます？」

「……痛いに決まっておろう」

「俺からも謝る。変な作戦に付き合わせて悪かった。パチュアもやりすぎなんだよな」

「ナラク様が頭を下げる必要はございません。これも臣下の務めであります」

「そうですわ。イグレシオが弱いからいけないんですの」

「まあ、そう言ってやるなよ。てかさ、ひとつ聞いていいか？」

「ええ、どうぞ」

「なんでお前が、ここにいるんだ？」

パチュアはきょとんとした。昨日ボコボコにしたイグレシオから、いけしゃあしゃあと唐揚げをもらって食っている。

「なんでって、監視に決まってますわ。ナラクさんが乃愛さんに手出しをしないかどうかの」

イグレシオが複雑な顔をする。

「話には伺っていましたが、パチュア様は本当に、勇者側に寝返ったのですな」

「その言い方には語弊がありますわ。女の友情を優先した、と言っていただきたいですわね」

パチュアは昨晩から、嵐渡組の世話になっているんだと。いま着ているスーツも、嵐渡組に用意してもらったものらしい。いつまで居座るつもりか知らねーけど、ずっと乃愛の傍《そば》にいられたら非常に厄介だ。

「……そうだ。乃愛の家にいるなら、お前の口からも婚約者の話を訂正しといてくれよ」

もちろん俺は、今日だって乃愛にその話をした。俺とパチュアはおたがい結婚する気はないって。でも乃愛は「そうなんだ」と返すだけで、すぐに話題を切り替えてくる。いつもみたいに無視されるわけでもなく、普通に接してくるんだよ。その普通がなんだか怖いんだ。なんていうか「別に興味がない」みたいな感じがして。

「ああ、そういえば忘れていましたわ。ということは、わたくし、まだナラクさんの婚約者だと思われているんですのね……おえ」

口元を押さえて、えずきやがった。

「……じゃあ、そろそろ帰ってくれないか。これは俺たち死刻魔団《しこくまだん》の会合で、狂獣魔団《きょうじゅうまだん》のお前はお呼びじゃねーんだよ」

「元・狂獣魔団《きょうじゅうまだん》ですわ。それに言ったばかりですわよ。わたくしはあなたを監視すると」

「無駄だって。俺はいますぐ乃愛をどうにかするつもりはないし」

「そんなつまらない嘘《うそ》に、わたくしが引っかかるとでも？」

「嘘《うそ》じゃねーっての。どうにかするつもりがないっていうより、どうにもできないんだよ」

面倒だけど説明してやることにした。これ以上、付きまとわれるのもだるいし。

話を聞いたパチュアは、顎に手を当てて唸《うな》った。

「……つまり乃愛さんには、魔族に対する自動反撃スキルがあるから、手出しできないと？」

「ああ。勇者の力に完全覚醒する前の、次期勇者だけがもつ防衛本能みたいなもんだと俺たちは思っている。乃愛は、自分にそんな力があるって自覚さえない。自動反撃の力を解放すると気を失ってしまうんだ」

「なるほど……だから乃愛さんは、その力でわたくしを吹っ飛ばしたことも覚えていなかったのですね」

「……お前も乃愛にさわって、爆発したクチか」

昨日、パチュアのドレスがボロボロだった理由は、それだったらしい。

パチュアは納得した顔をしていたが、急に表情がかげる。

「いえ、ちょっと待ってください。それだとナラクさんだって、乃愛さんにさわれないことになりますわよね？　やっぱり適当な嘘《うそ》で、わたくしを丸め込もうとしていません？」

「してねーよ。たぶんだけど、次期勇者の自動反撃は、魔族に対する潜在的な苦手意識が作用してるんだ。だからその苦手意識さえ薄めちまえば、たとえ魔族だろうと、さわれるようになるってわけ」

パチュアは目を丸くした。情報を与え過ぎたか、と思ったんだけど。

「そ、それじゃ乃愛さんにさわれないわたくしは、苦手意識をもたれている、と……？」

そこに驚いたのかよ。

「せ、せっかく、お友達になれると、思った、のに……」

眉間を押さえて、ふらりとよろめく。それをイグレシオが、後ろから抱きとめた。

「次期勇者にとって、魔族はみんな、マイナスからのスタートなのです。ですからパチュア様だけが、特別嫌われているというわけではございません」

「そ、そうですわよね。お気遣いくださって感謝しますわ、イグレシオ……」

「もったいないお言葉です。ささ、緑茶でもどうぞ」

なんかイグレシオって、パチュアにやたら優しいよな。昨日ボコボコにされてるのに。

パチュアは水筒のお茶を飲む前に、手をぴたりと止めた。

「……ということは、ナラクさんは乃愛さんの胸にさわって魂を抜くために、苦手意識を薄めている……つまり、好きになってもらおうとしている段階だと?」

改めて言葉にされると、なんかやたら恥ずかしいぞ。

答えない俺を見て、イグレシオが「すべては任務のためです」とフォローしてくれた。

するとパチュアは突然、

「ふふふ……あーっはっはっは!」

高笑いを始めた。

「なるほど、なるほど! そういうことでしたか! だったら確かに、ナラクさんなど放置していても、問題なさそうですわね! どうせ抜魂葬送《ばっこんそうそう》なんて無理ですもの!」

「……急にどうした、そのテンション?」

パチュアは意地悪な笑みを浮かべると、俺に指を突きつけた。

「だって乃愛さんは、こう言っていましたもの! 天地がひっくり返っても、ナラクさんだけは絶対に好きにならないとね!」

「な、なんだとぉ……?」

「ふふん。女のわたくしでさえ、肩にさわった途端に爆発ですのよ? 絶対に好きにならないと言われた男のあなたが、乃愛さんの……女子の聖域である胸にさわるなんて、どう考えても不可能ですわ。残念でしたわね、《冥王》の異名をとる死刻神将《しこくじんしょう》さん」

「あのー、嵐渡乃愛がナラク様を好きにならないって言ったの、本当なんですか?」

俺の代わりに、マユリタが尋ねた。パチュアは自慢げに胸を張る。

「もちろんですわ。だってわたくし、昨晩乃愛さんとガールズトークをしましたし? 乃愛さんはほかに、好きな人がいるみたいでしたわよ。楽しかったですわー、あのガールズトーク」

好きな奴までいるのかよ……!?

たぶんいまの俺、めちゃくちゃ面白い顔になってる。口を開けたまま動けないんだから。

そんな俺とは逆に、パチュアは完全に元気を取り戻していた。

「仲良くなれる可能性があるなら、わたくしは必ず乃愛さんと親友になってみせますわ。そしてナラクさんの前で見せつけるように、は、ハグとかしちゃったり……うっひゃっひゃあ!」

不気味な笑い声を残して、空の彼方《かなた》へ飛翔《ひしょう》していった。

パチュアがいなくなったあとも、俺はなにも喋《しゃべ》れない。

天地がひっくり返っても絶対に俺を好きにならない。しかもほかに、好きな奴までいる。

やべえ……ものすごいショックだ。乃愛と恋人関係を築くことが、任務達成の鍵なのに。

やっぱ俺、乃愛に好かれてないんだなぁ……。

「今日もいい天気ですねー」

「ふむ。しばらく雨とは無縁だろうな」

「……露骨に気を遣ってんじゃねぇ」

威圧感を込めて言うと、二人の部下は気まずそうに俺を見る。

「そ、その、ナラク様、気にする必要はありませんぞ。そもそも勇者は、魔族に苦手意識をもっているのが普通なのです。パチュア様のように、これから仲良くなろうとする前向きな姿勢をもっていただければ……」

「俺は毎日、乃愛とスマホでやりとりしてるし、あいつの家に遊びに行ったこともある。これ以上、なにをどうしろって言うんだ……」

「んー」マユリタがカフェラテを吸いながら、「デートにでも誘ってみたらどうです？」

「で、デート？」

それってあれだろ。女と一緒に散歩したり、メシ食ったりするやつだろ。うわー、すっげー興味ねー。そんなアホみたいなことより、ザリガニ釣りに行ったほうが百倍楽しいっての。

が、しかしだ。

それをやることで任務が円滑に進められるなら、俺は甘んじて受けてもいい。

「……やり方を教えろ」

「あれ？　なんか意外ですね。そんな暇があったらセミ捕りに行くって言うと思ったのに」

残念だったなマユリタ。ザリガニだ。

「乃愛に好かれるためなら、俺はどんな苦行でも受けてやる。それが死刻神将《しこくじんしょう》としての、俺の矜持《きょうじ》だ。だからデートのやり方を教えろ」

「教えろって言われても……」

イグレシオが静かに拍手をした。

「さすがでございます、ナラク様。ゼルファリアの未来のため、勇者とのデートを決意するなど、なかなかできることではありますまい。マユリタ、貴様が手ほどきをして差し上げろ」

「ええーっ⁉　わ、私がナラク様と、デートするんですかぁ？」

嫌がるマユリタだったが、俺は深く頭を下げた。

「頼む。乃愛とのデートは決戦なんだ。お前の指導で、こちらの軍備を盤石にしたい」

「……まあ、そこまで言うなら、別にいいですけど。なんか奢《おご》ってくださいね」

言いながら、ぷいっとそっぽを向いた。そりゃ面倒だよな。付き合わせてすまんマユリタ。

◇　◇　◇

放課後。

掃除当番だったマユリタは、手早く自分の教室の掃除を終えて、廊下に出た。

「はあ、なんで私が、ナラク様の模擬《もぎ》デートに付き合わなきゃいけないんだろ……」

文句を垂れながら、一応手鏡で前髪をチェック。少しほつれていたので、手櫛《てぐし》で直した。

ナラクとは校門の前で待ち合わせをしているが、向こうも掃除当番でまだ残っているかもしれない。待たされるのは嫌いなので、ひとまずナラクの教室に立ち寄り、掃除中なら耳を引っ張ってでも連れ出そうと思った。

ナラクが籍を置いている二年C組の教室の前にやってくると。

「え、昨日のあれって、そういうことだったの？」

中から乃愛の声がした。

「ああ。だから別に、なんでもないんだよ。あのあと普通に解散したし」

こっちは久保島《くぼじま》の声だ。

……次期勇者と人間界最強の男か。一体なんの話をしているんだろ。

興味をもったマユリタは、ドアの隙間から教室の様子をこっそり覗《のぞ》き見た。乃愛と久保島が二人で掃除をしているだけで、ほかには誰もいない。

「そ、そうなんだ。私てっきり久保島くんは、あの子と付き合ってるんだと思っちゃった」

「はは、違うよ。でもおかげで、少しだけ気が変わったんだ。ただの相談係に憧れていた俺だけど、自分で恋愛してみるのも悪くないかもってな」

「じゃあやっぱり、久保島くんの好きな人って……」

「待ってくれ。それは言えるときがきたら、自分で言うよ。まだこの気持ちを認めていいかどうか、よくわからないんだ。どっちにしても……難しい恋だと思う」

どうやら恋愛話をしているだけらしい。あまり盗み聞きするのも悪いと思ったマユリタは、その場を離れようとした――――のだが。

「とはいっても、相談係の役目を捨てたわけじゃないぞ。確かパチュアさん、だっけか。奈楽の婚約者。外国人ってやるなあ」

身近な名前が二つも出てきたので、マユリタの興味は再び引き戻された。

「う、うん。奈楽くんは結婚する気はないって言ってるけど、なんか信じられなくて。だってパチュアさんは、私に奈楽くんを近づけたくないみたいだし……やっぱり二人は結婚するのかなって思っちゃうんだ……」

ナラクを近づけたくない理由は乃愛を守るためであって、パチュアに他意はない。それを知らない乃愛は、妙な気を回している様子だった。

「パチュアさんにも聞いたのか？　奈楽と結婚するんですかって。昨日家に泊まったんだろ」

「そ、そんなの聞けないよ。なんていうのかな……ちょっとパチュアさんと話すの苦手なの。悪い人じゃないと思うんだけど、なんだか勝手に冷たくしちゃいそうになって……私って本当に嫌な子だよね……ちり紙でごめん」

それも仕方のないことだ。パチュアに流れる魔族の血がそうさせているのだから。

「だったら俺からも奈楽に聞いてやるよ。パチュアさんと結婚するのかどうか、実際のところどうなんだよって。親友の俺の前でもその気はないって言ったら、これはもうパチュアさんの片想《かたおも》いで確定だ」

「で、でも……もし、そうだとしても、私」

「おいおい、恋のライバルに遠慮してたら、青春なんてブチかませないぞ。じゃあ、さっそく奈楽にメッセ送るわ。えーと、これから時間あるか、と」

……恋のライバルって、なんのことだろ？

マユリタは首をかしげる。

スマートフォンをいじり始めた久保島を尻目に、乃愛は手近な椅子に腰掛けた。

「ライバルか……あのね、昨日の夜、パチュアさんから言われたの。まさか奈楽くんのことを好きだなんて言わないよねって。私、絶対にないって答えたんだけど――」

そこで言葉を区切ると、頬を真っ赤に染めて言った。

「本当は正直に言いそうになったんだ――はい、好きです――って」

「えええええええええええええええええええええええええッ!?」

マユリタは思わず叫んでしまった。

教室の中にいる久保島と乃愛が、同時に振り返る。ここにいてはまずいと思い、廊下の窓から外に飛び出した。

そこは校舎の三階だったが、飛行能力を使って、ゆっくり地面に着地。大きく深呼吸する。

「ちょっと待って。ええと、ちょっと待って……」

昼休みの屋上でパチュアは言っていた。乃愛には好きな人がいるっぽいと。

その好きな人って――――。

「ナラク様のことじゃん……！」

いつからかは、わからない。とにかく乃愛は、いつの間にかナラクに本物の好意をもっていた。恋愛対象としての確かな好意を。いまナラクが付き合ってほしいと言えば、あっさり了承してもらえるだろう。

恋人関係になれば、苦手意識は欠片《かけら》もなくなり、おそらくナラクは乃愛の胸にさわることができる。抜魂葬送《ばっこんそうそう》を使って魂を抜き、任務達成で晴れてゼルファリアに帰ることができる。

「すぐナラク様に報告しないと……！」

そうこぼしたマユリタだが、ふと思いとどまった。

――今それを報告すれば、模擬《もぎ》デートがなくなるかもしれない。ナラクは有頂天になって、即座に乃愛のもとへ向かうと予想できるからだ。

……まあ、別にそれでもいっか。模擬《もぎ》デートなんて、最初から茶番だし。

校門の前では、ナラクが待っていた。

「遅いぞ、マユリタ。主君を容赦なく待たせる部下がどこにいるんだ」

偉そうな口調だったが、少年のような笑顔は相変わらずだ。

「……今日は主君と部下の関係じゃないはずですけど」

「ははっ、そうだったな。さあ行くぜ！　シオンモールという名のダンジョンにな！」

結局マユリタは、報告を後回しにした。

自分でも驚く。たとえ茶番だろうと、模擬《もぎ》デートをどこか楽しみにしていたことに。

◇　　◇　　◇

いや、マユリタとシオンモールに来てみたけどさ。正直俺は、まったくわからない。デートって言っても、ただ雑貨屋とか本屋を巡るだけ。これ、久保島と遊ぶときと大差ねーだろ。

「あ、ナラク様、見てください！　あの服、超かわいくないですか？」

マユリタが服屋に駆け込んでいく。当たり前だけど、レディースの服屋。とりあえずついて行ったけど、女物の服なんて俺が見ても面白いわけがない。

「ほらほら、このワンピースとか！　こっちの世界の人間って、いいセンスしてますね！」

女の店員が近づいてきた。

「すごくお似合いですよ。彼氏さんもそう思いませんか？」

「あはっ、彼氏さんだって。どうです、ナラク様？」

マユリタは売り物のワンピースを体に当てて、嬉《うれ》しそうにくるくると回る。

「それより、ラジコン見に行かねーか？」

俺が言った途端、マユリタは急に不機嫌になった。

「予想以上につまんない」

ワンピースを戻して、どすどすと店を出て行く。俺も追いかけて、隣に並んだ。

「おい、そんなに急ぐなって」

「……なんで嵐渡乃愛は、こんなにもモテそうにない人が」

「ん？　なんだって？」

少し押し黙ったあと、マユリタはため息をついた。

「別になんでもありません。ラジコン見に行くんですよね。もうひとつ上の階ですよ」

「お、よく知ってるな。お前もラジコン好きなのか」

「違います！　どうせナラク様はそれが見たいって言うと思って、調べといたんですよ！」

さすが、よくわかってるなって感じだけど……なんでこいつ、機嫌悪いんだ？

ラジコンを見たあとは、ゲーセンに立ち寄った。

「……かわいいぬいぐるみ」

クマのぬいぐるみが積まれたクレーンゲームとやらを見て、マユリタが足を止めた。百円玉を入れて、中の景品をとるゲームだ。前に久保島がやっていたのを見たことがある。

「女って、こういうのが好きなのか？」

「そりゃそうですよ。だってこのクマ、かわいいですもん」

乃愛にプレゼントした鉄アレイだって、喜んでもらえたと思うんだけど。

その話をすると、マユリタは目をひん剝《む》いた。

「鉄アレイあげたんですか⁉」

「ああ」

「……この人、絶対モテないわ。嵐渡乃愛って趣味悪すぎ」

なにをぶつぶつ言ってんのか知らないけど、女が喜ぶものなら、そのぬいぐるみを取ってやることにした。投入した百円玉と二つのボタン操作で、俺の忠実なるシモベと化したそのクレーンは——簡単にぬいぐるみを摑《つか》み取《と》った。

「わ、すごい！　一発で取っちゃった！」

「ふふ、当然だろ。この程度のミッションをクリアできなくて、六神将は名乗れねーっての」

筐体《きょうたい》の下にあった取り出し口から、クマのぬいぐるみをゲットする。

「さすがですね、ナラク様！　やったあ！」

マユリタが嬉《うれ》しそうに拍手をする。

「本当に女って、こんなのが好きなのかな……まあ、いいや。乃愛に渡せばわかることだし」

拍手がぴたりと止まった。

「…………そのぬいぐるみ、嵐渡乃愛にあげるんですか」

「ああ。女はこういうのが好きなんだろ？」

「……どうせ、そんなことだろうと思ってましたけど。わかってましたけど」

「ん、なにが？」

「なんでもないです。ところで、今日の晩ご飯はどうするんですか？」

ため息混じりのマユリタが、ゲーセンの壁掛け時計を見る。まだメシを食う時間には少し早いけど。

「そうだな。バイト代も入ったことだし、たまには外食もアリか。お前はなにが食いたい？」

「えっ、お店に連れて行ってくれるんですか？」マユリタは少し驚いていた。「なんか今日初めてポイント高いですよ、ナラク様」

そしてにっこりと笑顔を見せてくる。

「まあ、お前らはよく働いてくれるし、たまには奢《おご》らせろって」

「えへへ、じゃあせっかくのデートですし、ちょっとおしゃれなところに連れて行ってくれたら、嬉《うれ》しいかなーって思ったり……」

「了解だ。イグレシオも呼ぶから、ちょっと待て」

マユリタの笑顔が固まった。さっきから、なんだよこいつ。機嫌がよくなったと思ったら、すぐにまた悪くなるし。

気にせずスマホで、イグレシオにメッセージを送った。外でメシを食うからシオンモールに来いって。たぶん今ごろ、学校からアパートに帰ってる途中だから、すぐに来るだろ。

「あれ、久保島からもメッセージが届いてる」

『これから時間あるか？　あったら、シオンモールに来てくれ。嵐渡もいるぞ』

そんな内容だった。

「乃愛もいるなら、ちょうどいい。いま取ったクマのぬいぐるみをくれてやろう。えーと」

――ちょうどそこにいる。乃愛に見せたいものがあるから場所を言え――

俺はそう返信して、スマホをポケットに入れた。

「さてと、店は……ああ、そうだ、確か上のレストラン街には安い牛丼チェーンもあったな。よーし、今日は俺、定食いっちゃうぜ！　お前も遠慮なく定食やっていいぞ！」

マユリタは大きくため息をつくと、

「予想をはるかに超えてつまんない」

俺を置いて歩き出した。

「おい待てよ。どこ行くんだ？」

「帰るんですよ！　つまんないから！」

な、なんだよ急に。こいつ牛丼定食、嫌いだっけ……？

◇　◇　◇

「お買い上げ、ありがとうございましたー」

店員の笑顔に見送られて、パチュアは店を離れた。

シオンモールにある店舗のなかで、女子高生から一番の支持を受けているシュークリーム屋だった。本屋の雑誌コーナーで慣れない日本語と格闘しながら得た情報なので、間違いない。

仕事がないパチュアにとって、二百円のシュークリームはかなり高額な部類だった。無事に買えたのは、普段から自販機の釣り銭口でせっせと小銭をかき集めていた成果である。乃愛に喜んでもらうためなら、たとえ貯蓄が底をついても悔いはない。

「さてと。あとは……」

ポーチから小瓶を取り出した。中には粉末が入っている。

懸《け》想伝心薬《そうでんしんやく》。パチュアが生成した魔法の薬のひとつで、これを口にすると、最初に見た異性を好きになる。あくまで異性が対象なので、同性間では効果がない。

屋上でナラクの話を聞いたあと、真っ先に思いついた方法がこれだった。乃愛と仲良くなるためには、彼女の好きな男とやらを調べて、二人をくっつけてあげたらいい。恋人ができたら乃愛も嬉《うれ》しいだろうし、自分だって深いガールズトークを楽しめるようになる。

ただ、

「……やっぱり、こんな薬を使うのは邪道でしょうか」

冷静になった今では、迷いが生じていた。薬の力で意中の人と相思相愛になったと知れば、乃愛はがっかりするかもしれないから。

……これはまたの機会にして、今はシュークリームを渡すだけにしておきましょう。

そう考えて、小瓶をポーチに戻す。歩き出したところで。

ふと、視界の端にいた黒いパーカーの男に、意識が向いた。僅かな殺気が出ていたからだ。

パーカーの男は、吹き抜けになっている二階部分から、一階を見下ろして、誰かと電話をしていた。

「ええ、男連れです。いえ、シオンモールには例のガキもいたので、これから会うのではないかと……はい。あれは化け物なんで、もう少し様子を見ます。対象がひとりになったら、もう一度連絡します」

なんの話かはわからないし、興味もない。ただなんとなくパーカーの男を真似《まね》て、吹き抜け部分から、一階フロアを見下ろしてみた。するとそこには。

人混みのなかに、乃愛がいた。その隣には金髪の男がいる。

二人は並んで、シオンモールの一階フロアを散策していた。

あの金髪は昨日、次期勇者の疑いをかけて尾行した久保島とかいう男だ。そういえば尾行中も、ばったり出くわした乃愛と親しげに話をしていたが——。

パチュアはそこで「はっ」と息を飲んだ。

……もしかしてあれが、乃愛さんの好きな男⁉　もうすでに、デートするほどの間柄だったんですの⁉

恋人のような相手がいるなら、多少は薬を使っても問題ない。パチュアはそう判断した。より二人の親密度を高めてあげたかったのだ。

懸想伝心薬《けそうでんしんやく》の小瓶を取り出して栓を抜く。その粉末を、嵐渡組からもらったペットボトルの水に、あくまで少量、溶かし込もうとしたとき。

「おい、イグレシオも呼んだのに、メシはどうする気だよ？」

「ひとりでハンバーガーでも食べます！」

横のゲームセンターから、マユリタと、それを追いかけるナラクが出てきた。

パチュアは周りをよく見ていなかったマユリタと、派手にぶつかってしまう。

懸想伝心薬《けそうでんしんやく》の粉末が舞って、つい吸い込んでしまった。鼻腔《びこう》と喉の粘膜にそれが張り付く。

「あ……！」

けほけほと咳《せ》き込《こ》むパチュアに、ナラクが声をかけてきた。

「なんだ、またお前かよ。大丈夫か？」

「さ、最悪ですわ……！」

どうしてナラクがここにいるのかは知らない。いずれにしてもパチュアにとって、この邂逅《かいこう》は悪夢以外の何物でもなかった。

胸の鼓動が高まる。頬が徐々に熱くなってくる。そして目がとろんとして――。

「……好きっ！」

パチュアは抱きついた。一応の婚約者に。そして自分の頬を一応の婚約者にこすりつける。

「な、なにしやがる⁉　離れろコラァッ！」

当然、一応の婚約者は怒る。

懸想伝心薬《けそうでんしんやく》の効力は、本来そこまで強くない。ただパチュアは、水に溶かして使うその薬を粉末のまま吸い込んでしまった。だからより強力な効果となって表層に出ている。

「やはり結婚しましょう！　クソガキなナラクさんは、どうせ誰とも結婚できませんし！」

「なな、ナラク様……⁉」

横にいたマユリタは、拳をわなわなと震わせた。

「いくら模擬《もぎ》って言っても、普通デート相手の前で、別の女と抱き合います⁉」

「ち、違う！　なんかパチュアがおかしいんだって！　たぶんまた、変な薬を……」

「口を開けば嵐渡乃愛で、その次はパチュアさんですか⁉　もういいですっ！　せっかく私が協力してあげてるのに、ナラク様は全然デートする気がないじゃないですかっ！」

マユリタは怒って立ち去ってしまった。

「ま、待ってくれマユリタ！」

「あんな女、どうでもいいではありませんか。それよりわたくしと愛の泥沼に落ちましょう」

「テメェがひとりで落ちやがれ！」

ぶん殴られたパチュアは、通路を盛大に転がっていった。

◇　◇　◇

久保島は学校で奈楽にメッセージを送ったあと、なかなか返信がこなかったので、ひとまず乃愛と二人でシオンモールに来ていた。

「あ、奈楽から返信あったわ」

「なんて言ってるの？」

乃愛が尋ねる。スマートフォンの画面を覗《のぞ》き込《こ》もうとしないのは、彼女なりの礼儀だ。

「えっと……ははっ、あいつもちょうど、ここにいるんだって。なんか嵐渡に見せたいものがあるらしいぞ」

「え、な、なんだろ……？」

「とりあえず、奈楽をこっちに呼ぶか」

やはり青春の歯車は、うまく噛《か》み合《あ》うもの。スマートフォンを操作して、一階フロアに来てほしいと返した。

乃愛は相変わらずおどおどしているが、少し頬が緩んでいる。学校以外で奈楽に会えることが嬉《うれ》しいのだろう。そんな控えめな彼女は本当にかわいらしいと、久保島は思う。

「あっ」乃愛が驚いた様子で声をあげた。「パチュアさんだ……！」

その視線をたどる。パープルカラーのスーツを着た、清楚《せいそ》な印象の美人だった。人混みをかき分けて爆走してくるその姿は、どこか獣じみていたが。

「ナラクさんを見かけまして⁉」

久保島たちの眼前に迫るなり、パチュアはそうまくし立てた。

乃愛がおずおずと尋ねる。

「え、えっと、まだ見てないけど、奈楽くんがどうかしたの……？」

「どうしたもなにも、わたくしを置いてどこかへ逃げたのですわ！　まったく、あの人ときたら……わたくしとの愛のショータイムが差し迫っているというのに！」

愛のショータイムってなんだ？

よくわからない言葉を口走ったパチュアは、怒りをにじませた顔で、また走り去った。

残された久保島と乃愛は、どちらも呆然《ぼうぜん》とする。やがて乃愛がぽつりと言った。

「……やっぱりパチュアさん、本気で奈楽くんが好きなんだ」

「え？　い、いや、単純に奈楽を探していただけじゃないのか」

「じゃあ、愛のショータイムって、なに？」

久保島にわかるわけがない。というより、わかる奴はいるのだろうか。

ちょうどそこで、奈楽の姿が見えた。

「ったく、マユリタの奴、どこに行ったんだ……」

「お、奈楽！」

久保島が手を挙げて呼びかける。向こうも気づいたようで、にこやかな顔を浮かべた。

「おっす、二人とも」

奈楽は手にビニール袋を持っていた。ゲームセンター通いが趣味の久保島は、すぐにピンとくる。あれはクレーンゲームの景品が入った袋だ。それを乃愛に渡すつもりだったらしい。

それなら久保島は、親友ポジションとして、絶妙なトスをあげるしかない。

「お前、嵐渡に見せたいものがあるって言ってたよな。一体なんだよ？　なあなあ？」

奈楽にもそれが伝わったのか、にやりと笑みを見せてくれた。

「ふふん。こいつを見たら、びっくりするぞ？　覚悟しろよ、乃愛？」

「え、な、なにかな……？」

乃愛が期待に満ちた顔をする。

さあ、奈楽よ！　俺の絶妙なトスから、青春のスパイクをブチかませ！

久保島がそう思ったとき。

「ナラクさあああああああああああん！　こちらにいらしたのですねえええええええ⁉」

パチュアが戻ってきた。そして人目も憚《はばか》らず奈楽に抱きつく。さらに頬をすりすり。

「ちょ、く、くっつくんじゃねぇッ！」

「いいえ、離れませんわ！　わたくしは砂鉄！　あなたは磁石！」

久保島はわけがわからない。ただ、乃愛にこんな光景を見せたら、自分のあげた青春のトスが無駄になってしまうことだけは確実。だから試合を止める審判の笛のごとく声をあげて、

「それは反則だ！　お前、青春をバカにしてんのか⁉」

引き剝がそうと手を伸ばす。すると、

「…………見せたいものって、これ？」

乃愛のその静かな声は、久保島だけでなく、奈楽もぎょっとさせた。

「い、いや、そんなわけねーだろ！　お前に見せたいのは、こっちのビニール袋の……！」

「そっか。パチュアさんが言った愛のショータイムって、これだったんだね。うん、ばっちり見たし、確かに二人の愛は伝わったよ。じゃ、そういうことで。お幸せに」

踵《きびす》を返《かえ》して歩き出す。奈楽が大声で呼び止めた。

「ち、違うんだってば！　待ってくれ乃愛！」

「ひとつだけ言っていいかな？　奈楽くんのちり紙！　うえぇぇぇぇぇぇぇぇぇん！」

乃愛は泣きながら走り去っていった。

「ま、まずいぞ奈楽！　これ最悪だ！　チーム青春のコールド負けだ！」

「俺のせいじゃねーんだって！　これは全部パチュアが……いい加減、離れろコラァッ！」

「だったら力づくでどうぞ。ご存じでしょうけど、わたくしは強いですわよ⁉」

人混みのど真ん中で、奈楽とパチュアの激しい肉弾戦が勃発。

奈楽の肘打ち。背後に回ってかわしたパチュアが、そのままバックドロップ。奈楽は組んだ両手で後頭部を守り、さらに後転して距離を取る。即座にドロップキックへ。パチュアはそれをラリアットで撃墜……と思いきや、その腕をとった奈楽が飛びつき腕十字に移行する。

両者とも実力は伯仲している好カードだったが、もちろん久保島にそれを観戦していくつもりはない。とりあえず自分だけでも、乃愛を追うべきと判断した。

「待てよ、嵐渡！」

シオンモールを出たところで乃愛に追いついた。こちらを振り返らずに、ぴたりと足を止める。久保島はゆっくり近づこうとしたところで。

「俺の話も聞いてくれ乃愛！」

奈楽もシオンモールから飛び出してきた。妙に強い婚約者同士の激闘は、奈楽に軍配が上がったらしい。

乃愛は背を向けたまま、また駆け出した。さすがに今、奈楽には会いたくないのだろう。

「くそっ、なんでいつもいつも、こうなるんだ……！」

奈楽がそれを追いかけていく。

「……ふう、やれやれ。青春……だねぇ？」

そうつぶやいてみた久保島だったが、甘酸《あまず》っぱい恋模様にはまるで見えなかった。

「一体、何事だ？」

珍しいことに、担任教師の伊具《いぐ》がやってきた。奈楽と乃愛が走り去った方向を見つめて、首を傾《かし》げている。放課後に町の巡回でも課せられているのだろうか。

返答に困った久保島だが、ありのまま伝えることにした。

「えっと、スーツを着た金髪の女の人が、いきなり奈楽に抱きついて……」

「なっ……⁉」

伊具はあからさまな狼狽《ろうばい》をみせたあと、咳払《せきばら》いでごまかした。

「そ、そうか。まあ、仕方あるまい。一応二人は婚約者だからな」

「え？　先生も事情知ってるの？」

「まあな……ようするに、嵐渡乃愛が拗《す》ねたのだろう。食事をするつもりだったのに、こうなった以上はそれもなしか」

奈楽《ならく》と乃愛《のあ》のケンカが、食事とどう関係があるのだろう。久保島はよくわからない。

「はあ……まゆりちゃんもだし、パチュアさんもか。なんで奈楽ばっかり……ずるいぞ」

独り言のつもりだったが、伊具はそれに興味をもったらしい。

「……ふむ。どうだ人間。ちょうど腹も減っているし、少し付き合わないか」

◇　　◇　　◇

シオンモールでパチュアをしばき倒した俺は、必死で乃愛を追う。

パチュアの様子からして、妙な薬を飲んでいたのは間違いない。そうじゃないと、男嫌いのあいつが俺に抱きつくわけがないからな。

おかげでマユリタは怒って先に帰っちまうし、乃愛だってそうだ。さっさと誤解を解かないと、これは絶対に尾を引くパターンだと思う。だから俺は追いかける。

乃愛は奇《く》しくも、昨日の児童公園で体力の限界がきたらしい。

「はあ、はあ……」

やっと足を止めてくれたけど、かなり辛《つら》そうだった。公園の真ん中で膝に手をついて、荒い息を吐いている。

「追いかけまわして悪い。ただ俺は、話を聞いてほしくて……」

「べ、別に、話なんて、き、聞きたく、ないもん……はあ、はあ」

見るに堪《た》えなかった俺は、乃愛をベンチに座らせたあと、近くの自販機で水を買ってきた。

受け取った乃愛は、それをゆっくり飲む。

落ち着いてきた様子を見て、俺も乃愛の隣に座ろうとしたら……なんと向こうは、立ち上がりやがった⁉　ベンチに並んで座ることさえ嫌だってのか⁉

……って、いかんいかん。ここでイライラしたら、全部台無しだ。

「さっきは悪かったよ。変なところ見せちまって」

「別にいいよ。二人には幸せになってほしいと思うし。はは、でもさすがに、抱き合ってるところを見せつけられたのは、ちょっとショックだったかな」

くっ、パチュアの魔法薬のせいだって言えないのが、心苦しい……！

「ち、違うんだよ。あれはなんていうか、そ、そう。練習なんだよ。パチュアにも好きな奴がいるらしくてさ。俺がその練習台になってたってわけ」

苦しいけど、ほかの言い訳は思いつかん。

「そんな嘘《うそ》、つかなくてもいいのに」

やっぱり通用しなかった。

「……奈楽くんはどうか知らないけど、パチュアさんは本気なんだと思う。だからあの人のことは、大切にしてあげてね」

「何度も言ってるけど、あいつにもそんな気はねーんだってば！　俺たちは本当に……！」

つい大声をあげてしまうと、

「だから、なんでそんな嘘《うそ》つくの⁉」

やっぱり乃愛も大声で返してくる。まるで昨日と同じだった。

「だって私、聞いてるんだから！　この間はパチュアさんを部屋に呼んで、一緒にお鍋したんでしょ⁉　しかも奈楽くんって、親元を離れて一人暮らしをしてるんだよね⁉」

鍋……ああ、こっちの世界で初めてパチュアと会ったときのことか。あいつ、そんな情報まで夕レ込んでやがるのかよ。

「確かに一人暮らしだけど、俺から部屋に呼んだ覚えはねーよ！」

「でもパチュアさんは、お鍋をご馳走《ちそう》してもらったって言ってたもん！」

「誰がご馳走《ちそう》なんてするか！　あの鍋はマユリタと食う予定だったのに、あいつが勝手に平らげたんだよ！」

怒濤《どとう》のような乃愛の攻勢が、そこでぴたりと止まった。

ん？　なんか俺、まずいこと言ったか？

「まゆり、た……？　それって、まゆりちゃんのこと？」

「え……あ」

ようやく自分のミスに気づいたときには、もう遅い。

「――――――――――――

――――なんでまゆりちゃんと、お鍋を食べる予定だったの？」

めちゃくちゃ怖い声で、ぼそりと。

「あ、い、いや、それはだな」

「婚約者がいるのに」

「ぐ……！」

「奈楽くんが一人暮らしをしている部屋で」

「ぐぐぐぐぐぐぐ……！」

「あの日の晩ご飯は、確か八時半って言ってたよね。そんな遅い時間に、女の子を呼ぶんだ」

「うぐううううううううううううううううううううううううううう！」

なんてこった！　これ、めちゃくちゃ最悪な展開じゃねーか！

「ち、違うんだよ！」

だめだ、自分でもなにが違うのかさっぱりだ！

「さよなら」

短くそう言って、乃愛は背を向けた。

「ま、待ってくれ！」

言い訳なんてまったく思いつかないけど、俺は手を伸ばす。

そしたら、まださわってもないのに……こう、パシッと。微弱な電流が、手に、走った。

「……え」

思わず手を引っ込める。乃愛が気づいている様子はないし、いつものように意識を失ったりもしていない。これも次期勇者の苦手意識からくる、魔族への防衛本能なんだろうか。

つまり、乃愛に触れてもいないのに手に走ったその電流は――――より明確な拒絶反応。

立ち止まった乃愛は、俺に背を向けたまま、

「私、奈楽くんが、よくわからないよ……」

その声は震えている。泣いているのかもしれない。

「パチュアさんとのこと、必死で否定してくれるから、私はちょっとだけ…………ほんのちょ

っとだけ、期待しちゃったんだよ……？」

「え、期待って……？」

乃愛の言っていることは……俺にはわからない。だから返答に詰まる。

やがて乃愛は、諦めたようにため息をつくと、そのまま歩き出した。

なんだかまずい気がする。引き止めるのも、このまま見送るのも。これまでケンカは何度もしてきたけど……さっきの変な電流のせいか、今度ばかりは、もっと決定的な亀裂になるような気がしてならない。

だから俺は、こう告げることしかできなかった。

「な、なあ、乃愛！　その……また明日、学校でな！」

自分でも、もっといい言葉はないのかって思う。だけど今の俺には、これが精一杯だった。

乃愛はなにも返してくれないと思った。そっちのほうがよかったんだ。ここまではっきりと言われるより、何倍もマシだったから。

「……もう、話しかけないで、くれるかな……期待したままだと、つらいから」

「え……な、なんで？」

「わ、わた、私、奈楽くんのことが………………き、嫌いなのッ！」

きっと乃愛はその言葉を最後に、走り去ったんだろう。曖昧な表現になってしまうのは、俺には見えてなかったから。ショックって言葉が生温《なまぬる》いほど、目の前が真っ暗だったから。

嫌い。

去り際に告げられたそのひと言は、さっきの微弱な電流はもちろん、いつもの自動反撃と比べても、もっと確実で強烈な——拒絶の意思表示で。

それらの何倍も、痛かった。

◇　◇　◇

マユリタはアパートの屋根の上で、夜風に当たっていた。

頭を冷やすためだったが、気分は一向に晴れない。どうもイライラするのだ。もちろん原因は、シオンモールでの一件である。

パチュアがナラクに抱きついたのは、なんらかの魔法薬のせいだとはわかっている。それはいいとしても、あの態度はない。模擬《もぎ》デートとはいっても、ナラクはあまりにも自分を見ていなかった。それに腹を立てているのだ。

いくら自分が場を盛り上げようとしても、その愚かな主君の口から出るのは、「乃愛」の名前ばかり。仮にもデートなのだから、もう少し配慮があってもいいと思う。

そこまで考えて、マユリタは深いため息をついた。

「なんか私、らしくないな……」

見上げた満天の星が彷彿《ほうふつ》とさせるのは、ゼルファリアを飛び回っていた時代のことだ。いつでも好きな場所へ行き、好きなように暴れて、好きなように生きた。《自由な炎《ホロスフレア》》の異名は、誰にも束縛されないことを証明するものだった。

それなのにナラクに捕まって、無理やり死刻魔団《しこくまだん》に入れられてからは、自身が思い描く自由の欠片《かけら》もない。神原町《かみはらちょう》に連れてこられた挙句、面白くもないデートにも付き合わされた。最初から茶番だと思っていたが、ナラクと一緒にいること自体が、茶番なのかもしれない。

「そっか。らしくないのは、ナラク様に従ってるからなんだ」

考えすぎるのは性に合わない。もうさっさとナラクを殺して、ゼルファリアに帰ろう。そうすれば、イライラすることもなくなるだろうし、自由の身に戻れる。そしてまた、ゼルファリアを恐怖に陥《おとしい》れる連続放火魔の《自由な炎《ホロスフレア》》マユリタとして生きるのだ。

それが自分らしくある道だと思った。

「さーてと。ナラク様は……あ、ちょうど帰ってきた」

ナラクは眼下の道を、とぼとぼ歩いている。アパートの入り口に差し掛かったところで、マユリタは屋根から飛び降りた。

「お帰りなさいです、ナラク様」

「…………ああ、マユリタか」

やけに元気がない。だけどそんなことは、どうでもいい。

「私、ゼルファリアに帰ることにしました。『常闇《とこやみ》の短剣』を保管してる金庫の鍵、ください」

「…………急になんだ」

「渡せないって言うんですよね？　もちろん普通にもらえるなんて、思ってませんよ！」

マユリタは両手に炎を生み出した。手のひらを重ね合わせて、ひとつの砲身とする。反動で仰《の》け反《ぞ》ると同時、紅蓮《ぐれん》の炎《ほのお》は渦巻く砲弾となって、一直線にナラクへ飛ぶ。

ナラクは黒いオーラを宿した右手で、それを簡単にかき消した。

「あはっ、さすがは死刻神将《しこくじんしょう》ナラク様！　そうじゃないと面白くないです！」

マユリタは第二波を放つため、再び両手に炎を宿した。

「…………やめろ。いまは、そんな気分じゃないんだ」

「ふふっ、やめませんよ！　私ずっとナラク様を殺したくて、うずうずしてたんですから！」

渦巻く火球、二回目の砲撃。周囲に熱波を打ちつけながら飛翔《ひしょう》するそれに合わせ、今度はマユリタ自身もナラクに飛びかかる。

火球はまたもかき消されたが、時間差で繰り出すマユリタの回し蹴りは別だった。ガードの開いたナラクの胸部にヒットして、隣の民家の塀まで吹き飛ばす。

攻撃が成功したにもかかわらず――マユリタは首をかしげていた。

「……本当にどうしたんですか、ナラク様？」

「…………なにがだ」

ゆっくりと立ち上がったナラクには、ダメージの残滓《ざんし》も見当たらない。効いていないのだ。

それもマユリタにとっては、想定の範囲内。この程度の攻撃で倒れるような相手なら、自分は捕まったりしていない。死刻神将《しこくじんしょう》ナラクの強さは、自分が一番よく知っている。

そしてマユリタが思うその死刻神将《しこくじんしょう》は、今の攻撃だって簡単に防ぐことができたはず。なのに、それをしなかった。最初から防ぐ気がなかったのだ。だからこそ疑問に思う。

「もしかして、なにかあったんですか？」

ナラクはぽつりと言った。

「……ケンカしたんだよ。乃愛と」

また乃愛。この人の頭には、それしかないのか。

「えっと、それって、いつものことですよね？」

「違うんだよ。今回のは違うんだよ……俺は乃愛に、はっきりと……嫌いって、言われた」

ナラクはうつむいたまま、そう漏らした。

「まあ、そう言ってるだけかもしれませんし」

実際に乃愛は、ナラクに好意があると言っていたわけで。

「違うんだよ！」大声で返された。「俺、あいつにさわってもないのに、さっきは手を伸ばしただけで、ビリッてきたんだぞ!?　ビリッて！　今までそんなことなかったのに！」

「え、なんですか、それ？」

「知らねーよ！　たぶん自動反撃の一種なんだ！　本気で俺に近づいてほしくないから！　あいつの体が、心が、魂から全部が、俺を拒絶してるんだよ！」

「だったらまた、いつもみたいに、仲良くなるための策を練ればいいじゃないですか」

「もう――――無理だ」

ナラクは背を向けた。その声は震えている。

「もう無理なんだよ……俺、怖がってる。いくら表面上は仲良くなったように見えても、結局は苦手意識をもたれたままなんじゃないかって。さわったら、自動反撃がくるんじゃないかって。拒絶の気持ちが形として見えるのは……本当に怖い」

あまりにも情けない主君の言葉に、マユリタは面喰《めんく》らう。

「だから任務も失敗だ。諦めて、ゼルファリアに帰ろう。魔王様には俺からお詫《わ》びするよ」

「ちょ、ちょっと、本当にどうしちゃったんですか!?　いつも偉そうにしてるのがナラク様なのに！　そんなんじゃ私だって、殺し甲斐《がい》が……！」

「だって俺は！」

振り返ったナラクは――――なんと泣いていた。涙を流しながら叫ぶ。

「あいつに、嫌われたんだぞ……！　これ以上、どうしろって言うんだ……！」

マユリタは薄々わかっていたことだが、これで確信した。ナラクは任務を別にして、乃愛に好意を抱いている。きっと本人は気づいていないだろうけど、それは恋愛感情だ。そうでなければ、勇者を人一倍憎んでいるこの男が、任務の途中放棄なんて口にするはずがない。それもたかだか、嫌いと言われた程度で。

ナラクは子供でもない歳《とし》なのに、しゃくりあげて泣いた。

「ひぐっ、そうだよ。俺は、乃愛に……嫌われちまったんだ……！　もう話しかけるなって、言われたんだ……！」

マユリタはそんな情けない主君を見て、思う。

――ははっ、ざまあみろって感じ。

なにかあれば、乃愛。デートしているときでさえ、乃愛。私の胸までさわったくせに、全然こっちを見てないんだから。そりゃあ、嫌われるのも当たり前だって。そもそも、こんな人を好きになるほうがおかしいんだ。

ガキで、童貞くさくて、そのうえ純粋で……少年のように笑って。ずっとひとりぼっちだった私を死刻魔団《しこくまだん》に迎えてくれて……じつはとっても優しくて……！

「………ナラク様っ！」

マユリタは自然と――その主君を、抱きしめていた。

「私がナラク様の、傍《そば》にいます……ずっといますから、泣かないでください。ぐすっ……」

「うう、なんで、お前まで、泣ぐんだよぉ……？」

「だって、なんだかナラク様が泣いてると、私も悲しくなるんでずぅ……！」

背に回す手に力を込めると、ナラクも同じように返してくれた。

これでは殺せない。もう少しだけ、この人を抱きしめておきたかったから。

◇　◇　◇

「うぃー、おい人間。貴様は飲まないのか？」

「あのさあ、生徒に酒を勧める教師がどこにいるんだよ……」

久保島は担任教師の伊具に連れられて、シオンモール近くのおでん屋台にいた。食事を奢《おご》ると言われてついてきたのだが、伊具は食べるより飲むほうに重点を置きたかったらしい。最初からハイペースで日本酒を飲んでいた。

「……そもそも生徒の俺が、教師とメシを食いに行っていいんだろうか」

「私は教師ではない！　だから構わんだろう！」

「はあ」

伊具はかなり酔っていた。どうやらストレスが溜《た》まっているらしい。

「それで？　話の続きだが、ナラク様がなんだと？」

「なんで様付けなんだよ……何度も言ってるけど、奈楽ばっかりモテるのはずるいって話。そりゃ俺だって、主人公を補佐する相談役ポジションを目指してるわけだけどさ……」

「そうなのだ！　あの方はずるいのだ！」

お猪口《ちょこ》をカウンターにドンと置く。

「確かに、ナラク様は尊敬に値する人だ。あの方のためなら、私は命だって投げだそう。しかしだ！　ナラク様はあんなに美人の婚約者がいるのに、結婚する気もなければ、丁重に扱うこともしない！　それが歯がゆい！　見ていてむずむずする！　なんなら私が……！」

「先生って、パチュアさんが好きなの？」

「お、恐れ多いことを言うな！　遠くから見守っていたいだけだ！　私とあの御方では、身分が違うのだぞ、身分が！」

あ、これ好きなんだな。

久保島の青春センサーがそう察した。

「ところで貴様は、マユリタが好きなのだろう？」

「え、ええ⁉　な、なんで⁉」

「さっきマユリタの名前を出して言っていたではないか。ナラク様ばかりモテてずるい、と」

「いや、それは……」

「正直に言え！　私は貴様の担任教師だぞ！」

「さっき教師じゃないって言ったばかりじゃないか……てか俺、なんで先生と恋愛トークなんかしてるんだ？」

「いいから、早く言ってみろ！　好きですってな！」

酔っ払いの相手は始末に負えない。伊具の剣幕に押された久保島は、渋々と従った。

「……好きです」

「声が小さい！　それではまだ私に気持ちが伝わらんぞ！」

「……好きですッッ！」

「よーし、貴様の気持ちは受け取った。ちょっとくらい付き合ってやりたいところだが」

伊具《いぐ》は酒の入った銚子《ちょうし》を、ちゃぷちゃぷと振ってみせた。

「だからそれ犯罪だって。俺まだ未成年だし、あんたの生徒なんだぞ……」

久保島がやんわり断ったところで。

背後の車道で、急ブレーキをかける車の音が聞こえた。続いて聞こえてきたのは、

「え、な、なにするの⁉」

切羽詰まった乃愛の声だ。屋台の暖簾《のれん》から顔を突き出すと。

まるで映画のワンシーンのように、非日常な光景があった。

乃愛がスウェット姿の男たちに取り押さえられ、停車中のセダンに押し込まれているところだった。

「あ、嵐渡⁉」

◇　◇　◇

アパートの俺の部屋に戻って、押入れを開ける。そこにあった金庫を開けて、中から『常闇《とこやみ》の短剣』を取り出した。

それは魔王軍の魔術師たちが何日もかけて魔力を込めた秘宝。もう一度だけ次元の壁に亀裂を入れて、ゼルファリアに帰ることができる往復分のチケットだ。

「……本当に、帰るんですね、ナラク様？」

マユリタが遠慮がちに聞いてきた。

俺は力なく、頷《うなず》く。

魔王様はもちろん、向こうに残してきた死刻魔団《しこくまだん》の部下たちだって、みんながっかりするだろうな。でも乃愛には完全に嫌われちまったし、もう胸どころか、どこにもさわることはできないんだ。次期勇者の魂を抜けないなら、これ以上この世界に留まる理由はない。

「死刻魔団《しこくまだん》再興の夢は、ほかの任務で補うことにする。イグレシオと……ついでにパチュアもどっかで拾ってこねーとな。今夜のうちに出立するぞ」

マユリタは複雑な顔をしていたが、やがて控えめに笑った。

「わかりました」

……なんか、こいつの顔見るの、恥ずかしいな。さっきの俺、本当にどうかしてた。情けない泣き言を口にして、部下に抱きしめられたんだから。死刻神将《しこくじんしょう》の面目も丸潰れだぞ。

でも、マユリタがいてくれて本当によかったって思う。一応礼を言っておこう。

「その……さっきは悪かったな。それにありがとう。だいぶ気持ちが落ち着いたよ」

「らしくないですよ、ナラク様。いつもみたいに、もっと威張っててください」

……あんな姿を見せちまったあとで、どうやって威張れって言うんだ。

そこで俺のスマホに着信があった。イグレシオだ。電話に出る。

「ちょうどよかった。今どこにいるんだ？　これから荷物をまとめて……」

帰るぞ、と言おうとしたんだけど。向こうは、

『嵐渡乃愛が拉致されました！』

すごい剣幕でまくし立ててきた。

『以前、我々が潰した佐和田組《さわだぐみ》です！　連中は報復のために、嵐渡乃愛を殺すつもりのようですぞ！』

佐和田組が、乃愛を、殺す……？

「おい落ち着け。どういうことだ。報復なら俺たちにくるはずだろ」

『銃も通じない我々が相手では、どうあがいても勝ち目はないとわかっているのですよ！　だから、嵐渡乃愛を標的にしたのです！　我々と嵐渡組に、一泡吹かせるために！』

……なんて短絡的で、バカな連中だ。たとえこっそり殺したところで、嵐渡組にバレないはずがないのに。それとも玉砕覚悟のつもりなのか。

「それで、お前は今、どこにいるんだ？」

『タクシーで追っているところです！　連中は山のほうに向かっておりますが、あの速度だと振り切られるかもしれません！　いかがしますか、ナラク様⁉』

「………行くんですか？」

マユリタが俺の袖を引いた。イグレシオのバカでかい声は、こいつにも聞こえたらしい。

「嵐渡乃愛は、次期勇者なんですよ」

言いたいことは、それだけで充分に伝わる。

次期勇者はいずれ勇者の力に完全覚醒して、ゼルファリアに攻めてくる。乃愛の性格からは想像しにくいけど、あいつにもそういう宿命が確かにあるんだ。

だから乃愛の魂を抜けない以上、今のうちに乃愛を――殺しておくのがベスト。

それが勇者と敵対する全魔族のためなんだ。佐和田組が乃愛を殺してくれるなら、わざわざ俺たちが手を下さずに済む。

だけど。

「…………追いかけている車の特徴を、言え」

イグレシオからそれを聞いたあと、一応車の写真も送るよう伝えて、電話を切った。

「やっぱり、行くんですね。嵐渡乃愛を助けに」

マユリタは俯《うつむ》き加減に言う。

「……あ、ああ。自分でも、らしくないって思う。でもなぜか俺、放っておけないんだ。意味わかんないし、頭がぐちゃぐちゃになりそうで……なんか、俺が俺じゃないみたいで……」

勇者を助けに行く――。

それは魔王様への裏切りとも取れる選択だ。その決断をした自分は、なんだか不思議な呪いにでもかけられているみたいで、とても怖かった。

「あんまり深く考えなくてもいいんですよ、ナラク様」

それでもマユリタは、にっこり笑ってくれる。

「とりあえず今は、領民のため、ってことで」

その、あまりにものんびりとしたひと言が――俺の悩みを払拭《ふっしょく》した。

「……そっか。ははっ、今は、それでいいんだよな」

死刻神将《しこくじんしょう》の俺が居を構えている以上、この町は死刻魔団《しこくまだん》の暫定的な領地。乃愛は次期勇者だけど、少なくとも神原町《かみはらちょう》に住んでいる間は、俺の領民でもある。

だったら見殺しにはできない。俺以外の奴に手出しはさせない。行動原理なんて、それでいいんだ。

だって俺は——領民を守る領主だからな！

イグレシオから車の画像が送られてきた。ファイルを開いて確認する。

「ふっ、特徴を聞いたときから想像していたけど、やっぱ四代目スカイラインか。こんなレアな旧車に乗れるなんて、乃愛も拉致されてラッキーだったな」

「ナラク様、すっかり車に詳しくなりましたね」

「だってこれ、超かっこいいじゃねーか」

とりあえず今は、乃愛を助けてやる。そしてあいつはいずれ勇者の力に覚醒して、ゼルファリアに攻めてくるだろう。

俺は夢想した。真の勇者になった乃愛の姿を。光刃皇剣《メルシルドソード》を携えたあいつは、やっぱりどこか気弱な顔で。それでも憧れの勇者になれた嬉《うれ》しそうな顔で。俺たち魔王軍と対峙《たいじ》するんだ。

ははっ。そんな乃愛と向こうの世界で戦うのも、また一興か。

「……勇者に完全覚醒した乃愛とぶつかるときは、俺が最前線で戦ってやる。マユリタ、お前の働きにも期待してるぞ。活躍次第では、どんな報酬でもくれてやろう」

「んー、じゃあ報酬は、キスってことで」

「は、はあ⁉　お前なに言って……！」

「ふふっ、そんなことより、早く行きましょうナラク様！」


『申し訳ありませんナラク様！　信号で振り切られてしまいました！』

タクシーで追跡中のイグレシオが、スマホの向こうで叫ぶ。

「問題ない。こっちはすでに捕捉した。案内ご苦労だったな」

そう言って通話を切る。乃愛が拉致られた旧車のスカイラインは特徴的なデザインなんで、よくミニカーを見てた俺なら、すぐにわかった。神原町《かみはらちょう》の曲がりくねった山道に入ったところで、その姿を捉えたんだけど。

「てか、おっそ！　もっと速く飛べよ！」

「これ以上は、無理ですって……ナラク様、重いんですもん……」

俺は飛行能力をもつマユリタに抱えてもらって、乃愛を拉致した佐和田組を追っていた。

敵の車は、まだ豆粒くらいにしか見えない距離で、差は一向に縮まらない。死刻魔団《しこくまだん》随一の機動力をもつマユリタでも、俺っていう荷物を抱えたままじゃ、うまく飛べないようだった。

「もう、疲れました。私が火球を撃ちます」

「距離が遠すぎて狙えねーだろ。仮に当たっても、それだと車ごと乃愛も炎上する」

「じゃあ、どうするんですかー？　そろそろ限界なんですけどー」

実際、マユリタの高度は下がり始めていた。いくら俺たちが魔族でも、さすがに足では、あの超かっこよくて速い車には追いつけない。

だからこそ、俺は待った。機が熟すのを。

やがて後方から、別の車のエンジン音が聞こえてきた。

「来たか……！　降下しろマユリタ！　道路の脇で待機だ！」

「え、一体どういう……？」

マユリタが怪訝《けげん》な顔で道路脇に着地したところで、その姿が見えた。

「うおおおおおおい！　奈楽さあああああああん！」

ワゴン車だった。助手席や後部座席の男たちは、窓枠に腰掛けて上半身を外に出す、いわゆる「箱乗り」をしてこっちに手を振っていた。

マユリタに教えてやった。

「あいつらは以前、死刻魔団《しこくまだん》に加入させてやった元チップスってチームの連中だ。さっきスマホで呼んでおいたんだよ」

協力要請なら、本当は嵐渡組にするべきなんだろうけど、残念ながら連絡先を知らない。それに急ぎだったこともあって、車を持っていたあいつらに連絡を入れたんだ。

　元チップスの面々が乗ったワゴン車は、速度を落として近づいてきた。俺はジェスチャーで構わず走れと命じる。横を通過する直前に、マユリタと一緒に車のルーフに飛び乗った。

「ウェーイ！　さすが奈楽さん、マジ卍《まんじ》ぃ！」

　キャップをかぶった元チップスの男が、箱乗りの姿勢のまま、ハイタッチを求めてくる。とりあえず俺は、将として応じた。

「やっぱあんた、面白ぇわ！　祭りなら、久保島先輩も呼んじゃいましょうか⁉」

「いい。それよりさっき伝えたとおりだ。スカイラインが前にいるんで、全力で追いつけ。いけるか？」

「それは運転手次第っすねー」

　キャップの男がそう言ったんで、俺はルーフから運転席を覗《のぞ》き込《こ》んだ。このワゴンを運転していたのは……。

「よう、クソガキ」

　例のクラブで俺がブチのめしたチップスのリーダー、高倉熱也《たかくらファイヤ》だった。

「お前かよ……！　もうホームレス狩りとかしてねーだろうな⁉」

「当たり前だろ。ああ、でも最後にもう一回だけ、悪いことしちまうかな」

「はあ？　今度は一体なにを企《たくら》んで……」

「スピード違反だ。落ちるなよ、クソガキ！」

それを合図に、箱乗りをしていたメンバーが車内に戻る。そして熱也《ファイヤ》は、アクセルを一気に踏んだ。同時に速度もぐんとあがる。俺とマユリタは、車のルーフから振り落とされないように、しっかりとしがみついた。

「ははっ、やるじゃねーか、高倉熱也《ファイヤ》！　領主の俺が許可する！　目一杯に飛ばせ！」

「……ナラク様に、こんな変な知り合いがいたなんて。妙な求心力がありますね」

ぽつりとつぶやいたマユリタに、俺は笑顔を見せてやった。

「知り合いじゃなくて部下だ！　さあ飛ばせ！　我が領民の命を脅《おびや》かす佐和田組の愚昧《ぐまい》どもに、俺たち死刻魔団《しこくまだん》の力を見せてやろうぞ！」

熱也《ファイヤ》が運転するワゴン車は、高速で山道のカーブに突っ込み、うまくリアタイヤを滑らせて踊るようなドリフトで突破していく。ワゴン車のドリフト走行は難しいって本で読んだけど、熱也《ファイヤ》は難なくこなしていた。こいつらを呼んで正解だった。いい人材が手に入ったものだ。

次が最終カーブになった。曲がったところで、ついに佐和田組のスカイラインに追いつく。

「ここまで近づけば充分だ！」

ワゴン車のルーフにしがみついたまま、右手を掲げた。紫電がほとばしる魔力の塊、黒球を生成。テニスボールサイズにまで抑えたそれを、スカイラインに投げつける。

狙いはタイヤ。一直線に飛んだ黒球が、見事に直撃。スカイラインはスピンしながら、脇のガードレールにぶつかって、その躍動を止めた。

熱也《ファイヤ》が操るワゴン車も、横滑りで停車する。俺とマユリタがルーフから飛び降りると同時、スカイラインからスウェット姿の男が出てきた。

その男は、ガムテープで口を封じた乃愛を連れている。

「…………⁉　…………ッ！」

乃愛は俺を見て驚いた顔をしていた。なにか叫ぼうとしているみたいだけど、口が塞がれているから、なにも喋《しゃべ》れない。

「乃愛！」

「近づくな！」

スウェットの男が言った。こいつ、見覚えがあるぞ。

……そうだ、佐和田組を潰しに行ったときに会ったな。確か、舎弟頭の池本《いけもと》とかいう奴だ。

スカイラインからは、ほかにも見知ったヤクザが二人降りてきた。俺はたっぷり皮肉を込めて言ってやる。

「お前ら、この間は高そうなスーツを着てたくせに、ずいぶん安っぽい服になったな」

池本が代表して答えた。

「……へっ、どこかの誰かさんに、ウチの組潰された責任を問われて、上部団体から破門状を叩《たた》きつけられたんだよ」

破門状。ようするにヤクザ社会から追い出されたってわけか。まあ、ヤクザ同士の抗争ならともかく、俺たちみたいな素性の知れない奴らに潰されたなら、そりゃ面目も立たないか。

マユリタがワゴン車から降りてきた元チップスの連中を、後ろに遠ざける。それを一瞥《いちべつ》してから、俺は言った。

「山で乃愛を殺すつもりだったな。いま無事に返すなら、見逃してやるぞ」

「確かに、テメェみたいな化け物が相手じゃ、俺らは敵《かな》わねーしな。だいたい銃弾食らっても死なねーなんて、テメェ本当に何者だよ?」

「この町の領主だ」

「くっくっくっ……こんなアホみてーなガキに好き放題やられたんじゃ、そりゃ破門されるわな。だからこそ俺らはテメェに、吠《ほ》え面《づら》かかせてやりてーんだ……ッ!」

池本は嫌がる乃愛を引きずる形で、ガードレールのほうに移動した。

こいつ、あそこから乃愛を落とす気か……!?

ガードレールの下は、さっき車で登ってきたアスファルトの山道。高さは十メートル強といったところだ。落とされたら、まだ普通の人間と変わらない乃愛は――死ぬ。

マユリタが小声で囁《ささや》いてきた。

「……あのヤクザ、殺しますか? 火球ならすぐ撃てますけど」

「いや、その前に乃愛が落とされちまう」

池本は乃愛を押さえ込んだまま、ガードレールぎりぎりに立っている。あとは軽く押すだけで、約十メートル下まで真っ逆さまだ。

「乃愛を傷つけたら、嵐渡組が黙ってないぞ。その前に俺が、お前をブチのめすけどな」

「だろうな。でも、それがどうした。ヤクザを破門になった俺は、もうとっくに死んでんだ。だから最期《さいご》に……」

池本は強烈な殺気をにじませた。それは覚悟をした者だけが放つ、本物の殺意で。

「テメェの悔しがる顔を拝んでやるんだよぉッ！」

乃愛を、ガードレールから、突き落とした。

「うおおおおおおおおおおおおおおッ！」

自然と体が動いていた。ガードレールを乗り越え、コンクリートの壁を蹴り、落下していく乃愛に向かって俺は――――――手を伸ばした。

◇　　◇　　◇

元チップスの面々を帰したところで、タクシーがやってきた。

車内からイグレシオが転がり出てくると、いきなり路肩に盛大なゲロをぶちまける。無情にもタクシーは、さっさと走り去ってしまった。

「……うわっ、酒くせ」

かなり飲んでるらしい。そのうえ、タクシーを飛ばしてこの山道を蛇行してきたんで、一気に酔いが回ったんだな。

「大丈夫ですか、イグレシオ様」

「無理」

マユリタがイグレシオの背をさすって、介抱にあたる。そっちは任せて俺は——乃愛に近づいた。

「伊具先生、大丈夫かな……ずいぶんお酒を飲んでたみたいだけど」

「まるで現場を見てきたような言い方だな」

「えと、うん。ちょっとだけ、見ちゃった……」

「ふーん……？」

乃愛が突き落とされたとき、俺は夢中で手を伸ばしていた。自動反撃のことも忘れて。それを思い出したのは、乃愛を助けたあとだった。

完璧に嫌われたはずなのに、どうして拒絶反応が出なかったのかはわからない。命の危機の前ではさすがにロックがかかるのか、それとも――やっぱり俺は、どこか期待してしまうわけで。

……とにかく俺は、無事に乃愛を抱きとめることができた。そのまま、約十メートル下のアスファルトに落下。両足で着地したんで、乃愛にこれといった怪我《けが》はなかった。もちろん俺もな。あの程度で骨折するようなら、六神将は務まらない。まあ……捻挫くらいはしたけど。

そんな超人的な身体能力を見ちまった乃愛は、当然めちゃくちゃびっくりしていた。火事場の馬鹿力ってことでごまかしたけど、納得してもらえたかどうかは知らん。

ちなみに池本を始め、佐和田組……いや、元佐和田組の面々は、俺と乃愛が戻ってきた時点で全員がのびていた。やったのは、もちろんマユリタだ。俺の代わりにブチのめしてくれただけで、殺したりはしていない。それが心配だった俺は、聞いたあとで胸をなでおろした。

連中はまだ眠っていて、脱がせた服で拘束してある。警察にはさっき通報したんで、そのまま連行してもらえるだろう。

とにかく、これで一件落着……って、待てよ。俺、まだ乃愛とケンカしたままで、仲直りしてないぞ。いや、そもそも嫌いって言われたのに、仲直りなんてできるのか？

なんだか急に気まずくなってきた。それでも乃愛は、

「うわー。ねえ奈楽くん、見て見て！」

ガードレールの傍《そば》で手招きをしてくる。俺はぎこちなく、隣に並んだ。あんな決別をしたあ

となのに、乃愛は気にしてないんだろうか。こいつのことは、本当によくわからない。

「山から見える街の夜景って、こんなにも綺麗《きれい》なんだね」

その朗らかな声につられる形で、俺も街を見下ろした。

――確かに見事な夜景だった。星屑《ほしくず》をばら撒《ま》いたようなその光の海の正体は、神原町《かみはらちょう》の人間が営む生活の明かり。そこに人間が生きていることを示す確かな証拠だ。

その光のひとつひとつがすごく綺麗《きれい》で。こうして無事だった乃愛とそれを眺めていられるだけで、なんだかとても満足で。ケンカのことだって、不思議とどうでもよくなって。

「…………ははっ。本当だな」

俺も思わず、朗らかな声が漏れるのだった。

「私、こんな時間に山の上のほうまで来たのは初めて。奈楽くんとこの景色が見られたなら、佐和田組にもちょっぴり感謝だね」

こいつは本当にアホなのか。一歩間違えたら、殺されるところだったのに。そうか、だから俺は放っておけないんだ。見ていて危なっかしいんだよ、こいつ。

「……ほんと、お前には参るよ。死にそうになったばっかで、よくそんなこと言えるな」

「えへ、だって奈楽くんに助けてもらったし。私、前から思ってたんだけどね」

「ああ」

「やっぱり奈楽くんって、別の世界から来たんじゃないの？」

「…………ッ⁉」

冷たい手で心臓を鷲掴《わしづか》みにされたような気分だった。

くう、そりゃ怪しいって思うよな、普通は……。

「最初のときもそうだけど、絶対私のピンチに来てくれるし。その……やっぱりお姫様抱っこで助けてくれるし」

乃愛はにっこり笑って言った。

「なんだか本当に……異世界から来た勇者みたい」

「違うわ！」

だって勇者はお前だし。

パトカーのサイレンが近づいてくる。潮時だった。

「……じゃあ、俺たち行くわ。あとのことは、任せていいんだよな？」

「うん」

警察は面倒なんで、乃愛には俺たちのことは内緒にしてほしいって頼んである。佐和田組の連中から多少は漏れるかもしれないけど、まあ乃愛には嵐渡組もついているし、うまく処理してくれるだろ。

マユリタとイグレシオを連れて、パトカーとは逆の山頂のほうへ向かう。適当なところでタクシーを拾うって伝えてあるけど、もちろんひと目を忍んで飛んでいくつもりだ。

「奈楽くん」

乃愛に呼び止められたんで、俺は一度振り返る。

「言いそびれちゃったけど、やっぱりちゃんと言うね」

それは、とても愛らしくて、朗らかで。でもやっぱりどこか、気弱な笑顔で。

その次期勇者は、元気いっぱいに、こう言うのだった。

「さっきは本当にごめんなさい！　それから、助けてくれてありがとう！」


………………ははっ。

つい笑ってしまう。まさか謝られるだけじゃなくて、礼まで言われるなんてな。俺にとってこいつは、永遠の敵だっていうのに。

乃愛はさっき言った。俺が異世界から来た勇者みたいだって。

そんな乃愛こそ近い将来、本物の勇者になって、異世界のゼルファリアにやってくる。それを知ったら、勇者に憧れを抱くこいつは、どんな顔をするんだろう。

きっと笑うんだろうな。こんなふうに。

エピローグ「魔王軍と勇者の戦い」

パチュアはその部屋のドアを、遠慮がちにノックした。

「あ、あの、乃愛《のあ》さん……少しだけ、よろしいでしょうか……？」

「うん」

許可を得たので、おそるおそる入室する。乃愛は制服姿のまま、クッションに座ってスマートフォンをさわっていた。

「えへ、まだ今日のログインボーナス取ってなかったから」

それがどういうものかパチュアは知らないが、着替えよりも優先したいことなのだろう。

乃愛はさっき、嵐渡組の車で帰ってきたばかりだ。さわり程度を聞いただけだが、佐和田組とかいう組織の元ヤクザに拉致されて、いままで警察の事情聴取を受けていたらしい。

「その……お怪我《けが》などは、ありませんの？」

「うん。心配してくれてありがとう」

にっこり笑う乃愛を見て、胸をなでおろす。無事だったからよかったものの、もし怪我《けが》でもしていれば、その元ヤクザたちを世の中から消していたところだ。自分がもっと早く動けていればと思う。

パチュアは今まで、夕方に口にしてしまった懸想伝心薬《けそうでんしんやく》の解毒《げどく》に奔走していた。あんなものを使おうとしなければ、乃愛の拉致を未然に防ぐことができたかもしれないし、シオンモールで大暴れすることもなかった。あの醜態を見た乃愛は、きっと幻滅したに違いない。

「本当に申し訳ありませんでした……」

「なんでパチュアさんが謝るの？」

「だって、わたくし……」

言葉に詰まったパチュアは、背に隠していた箱を差し出した。乃愛は、きょとんとする。

「えっと、これって、シュークリーム？」

シオンモールで買ったものだ。ナラクと醜い格闘をしているときも、それだけは無意識レベルで死守していた。箱はボロボロになってしまったが。

「いらなかったら捨ててください……短い間でしたが、お世話になりました」

「え、パチュアさん。もしかして、もうここを出て行っちゃうの？」

「……はい。乃愛さんのことは、遠くから見守らせていただきますわ」

「なんで？　もっといてほしいのに」

「え……」パチュアは驚いて乃愛を見た。「わたくし、まだここにいても、いいんですの？」

「うん。パパだって、いつまでもいてくれていいって言ってるしさ」

「で、ですが乃愛さんは、わたくしのこと……」

「せっかく知り合いになれたんだから、仲良くしたいって思ってるよ？」

勇者は本能的に魔族に苦手意識をもってしまう。それが当たり前なのだ。それでも乃愛は、次に勇者になる宿命のその少女は、仲良くしたいと言ってくれた。

パチュアは、嬉《うれ》しかった。

「わ、わたくしもですわ！　わたくしも乃愛さんと、お友達になりたいんですの！」

ガラステーブルに飛びつく。目の前には、スマートフォンを持った乃愛の手がある。

その手を握りしめて自動反撃の有無を確認すれば、わかってしまう。実際のところ、自分を苦手に思っているのかどうか。仲良くしたいと言ってくれた乃愛の言葉が本心かどうか。

パチュアは伸ばした手を――引っ込めた。真実を知ることが怖いからではない。ただ、そんな方法で確かめるのは無粋だと思ったのだ。

確固たる証拠なんて、別になくても構わない。普通はみんな、相手の言動だけでその気持ちを推し量っている。つまり相手を信じた先にあるのが――友情であり、愛情なのだ。

「あはっ、中身もぺしゃんこ。パチュアさん、これ半分こして一緒に食べよ？」

ひとつしか買えなかったシュークリームを二つに割って、片方を差し出してくる。

その柔らかい笑顔を見て、パチュアは信じた。きっとこの人とは友達になれると。

「おでん屋台で、イグレシオと金髪の男が……？」

潰れたシュークリームを食べながらの、ささやかな女子会。そこで乃愛が奇妙な話をした。

「う、うん。伊具礼士雄《いぐれしお》先生と久保島《くぼじま》くんね」

乃愛はさっき、おでん屋台でイグレシオと久保島が食事している様子を見たらしい。それに目を奪われている隙に、元佐和田組のヤクザたちに拉致されたそうだ。改めて聞くと、腹立たしい限りのパチュアだが、乃愛が言いたいのは拉致の話ではなかった。

「その、見たっていうより、話し声を聞いちゃったんだけどね……言いづらいんだけどさ」

乃愛がイグレシオと久保島の会話を再現してくれた。


――いいから、早く言ってみろ！　好きですってな！――

――……好きです――

――声が小さい！　それではまだ私に気持ちが伝わらんぞ！――

――……好きですッッ！――

――よし、貴様の気持ちは受け取った。ちょっとくらい付き合ってやりたいところだが――

――だからそれ犯罪だって。俺まだ未成年だし、あんたの生徒なんだぞ……――

「……あのー、二人は男同士、ですわよね？」

「う、うん。だから私もびっくりしてるの。久保島くん、前から好きな人がいるみたいだったし、難しい恋だと思うって言ってたけど……まさかその相手が伊具先生だったなんて」

パチュアは理解が追いつかない。やはり魔族にも同性愛者はいたし、それ自体は別に構わないと思う。ただ、あのイグレシオに、前からそんな嗜好《しこう》はあっただろうかと。

……いや、ありましたわね。ナラクさんに対する極端な忠誠心は、臣下の域を超えた慕情にも見受けられますもの。

沈黙が続いたことで、乃愛は慌てて弁護した。

「あ、で、でもね！　私は応援したいと思ってるよ！　久保島くんは大切な友達だし……！」

その反応を見て、パチュアは確信する。

やはり乃愛さんは、久保島が好きなのですわね。友達とは言っていますが、シオンモールでもデートしていたわけですし、わたくしの目はごまかせませんわ。

その久保島がまさか、男と相思相愛だったなんて……なんとおいたわしい……。

「でも確かに久保島くんって未成年だし、さすがに先生とは犯罪だよね。はあ……叶《かな》わない恋って、つらいなあ」

思考の迷宮に陥っていたパチュアは、そのひと言で我に返った。

叶《かな》わない恋？　いま、叶《かな》わない恋って言いましたの？

乃愛は久保島を諦めかけている。イグレシオのせいで弱気になっているのだ。今後ガールズトークを楽しむためにも、乃愛と久保島がうまくいってくれないと困る。

「わたくしはまだ、諦めませんわよ！　イグレシオなど、力づくで黙らせればいいのです！」

「え、なんで伊具先生を？」

「だって、久保島を奪おうとしているではありませんか！」

きょとんとしていた乃愛だが、やがて「はっ」と息を飲んだ。

「……あの、ひょっとしてパチュアさん。久保島くんが、気になるの？」

「当然ですわ！　久保島はいい男だと思いますし、諦めるなどもってのほかです！」

「そ、そうなんだ……で、でも、ナラクくんの婚約者だっていう話は……」

「ああ、言ってませんでしたわね。そんなの、とっくに無効ですわ」

「ええっ⁉　その話、やっぱり本当なの……⁉」

「本当もなにも、ナラクさんと結婚するくらいなら、わたくしは自害の道を選びますわよ」

乃愛は安堵《あんど》ともとれる笑みで、うつむいた。

「そ、そっか。はは、そうなんだ。最初から、パチュアさんに聞けばよかった。あ、で、でも伊具先生とパチュアさん、どっちを応援すればいいんだろ……」

「なんのことですの？」

慌てたように手を振ってくる。

「う、ううん！　えっと、とりあえず私は、久保島くんとうまくいくことを願ってるから！」

「でしょうね。あとは、わたくしにお任せくださいまし！」

なんだか一気に乃愛との距離が近くなった気がする。

パチュアは本当に満足だった。

◇　◇　◇

久保島純平《じゅんぺい》にとっては、いつもの朝。いつもと変わらない日常の始まり。

ただ、ほんの少しだけ違うのは、乃愛と二人で奈楽《ならく》のアパートに向かっていることだ。

昨日の夜、乃愛からスマホで相談されたのだ。奈楽ともっと仲良くなるためには、どうすればいいのかと。久保島はちょうど読んでいた青春系のラノベから引用して、こう伝えた。

「じゃあ、朝迎えに行って一緒に登校するっていうのはどうだ？　超青春だぞ」

主人公を迎えに行くのは、隣に住んでいる幼馴染ヒロインと相場が決まっているが、この際なんでもいい。

そしたら乃愛は、本当に実行する気になった。ただ、ひとりで行くのは気まずいので、一緒に来て欲しいと言われた。久保島は面倒がるどころか、むしろ喜んだ。目の前でラブコメ調の展開を見られるなんて、まさに親友キャラの醍醐味《だいごみ》だからだ。

もちろん奈楽には内緒だった。定番の「おいおい、朝っぱらからなんだよ？」「もう、迎えにきてあげたんじゃない！」という流れを崩さないためだ。それも今から楽しみで仕方がない。

青春パワ――――――――ッ！

叫びたい衝動を必死で堪えた。

「てか嵐渡。お前、奈楽の家なんてよく知ってたな」

「うん。パチュアさんに教えてもらったの」

……パチュアさんか。

久保島が思うに、担任の伊具が恋心を抱いている相手。奈楽の婚約者だけど、いっそのこと伊具とうまくいってくれたらと思う。

「そうだ。パチュアさんと言えばね。奈楽くんとは本当になんでもなかったんだって」

「え、そうなのか？　でも昨日はシオンモールで……」

奈楽に抱きついていたけど。その言葉は、あえて飲み込む。

それでも乃愛は察したらしい。にっこり笑って、

「スマホでも伝えたけどさ、あのあと私、奈楽くんと大ゲンカしちゃったの。そのとき奈楽くんが言ってたんだ。あれは練習だったって。パチュアさんにも好きな人がいるらしくて、奈楽くんがその練習台になってたんだって。私、絶対に嘘《うそ》だと思ったけど、本当だったみたい」

「お、そうなのか。よかったな嵐渡《あらしど》」

乃愛は口には出さなかったが、表情からして本当に安心している様子だった。

「じゃあパチュアさんの好きな人って、誰なんだろ」

「むふふ」乃愛は含み笑いを見せた。「誰だと思う？」

「まさか伊具先生……とか言わないよな？」

「ええっ⁉　そ、それは違うけど……うーん、この話、久保島くんとは難しいなぁ」

久保島は意味がわからず、首をひねる。

……でも、あれだな。みんなそれぞれ、好きな相手がいるんだな。やっぱり俺も認めるべきだろうか。まゆりちゃんのこと……。

そんなことを考えながら、おずおずと切り出した。

「なあ、嵐渡。この間言ってた、俺の好きな人の話なんだけど」

「え⁉」

乃愛は驚いた声をあげて、口ごもった。

「ご、ごめん、その……相手、わかっちゃったんだ。私にはうまく言えないけど……確かに、難しい恋、だよね」

とっくに気付かれていたらしい。久保島は照れ隠しに頭を掻《か》いた。

「……はは、嵐渡って勘がいいんだな。今度、ご飯にでも誘ってみようかって思うんだ」

「そ、そっか。またおでん屋さんに行くのもいいけど、お酒は飲んじゃだめだよ」

「いやいや、俺まだ、ご飯に誘ったことないけど」

「え？」

「ん？」

妙な間が空いた。それを埋めたのは、取り繕ったような乃愛の声だ。

「あ！　た、たぶんあれだよ！　奈楽くんの家！」

指差したのは、二階建ての古い木造アパート。気を取り直してそちらへ向かうと。

エントランスから奈楽が出てきた。

なんだ、あいつ。朝早いな。部屋まで行って起こしてやりたかったのに。

気恥ずかしそうにしている乃愛に代わって、久保島が声をかけようとしたところで。

「待ってくださいよ、ナラク様！」

奈楽を追いかける形で、エントランスからまゆりも出てきた。

「せっかく起こしてあげたのに、置いていくなんてひどいですよー」

「お前、出るのが遅いんだよ。あいつはもう先に行っちまったぞ」

……えっと、これってどういう状況？

久保島は隣の乃愛を見る。乃愛も唖然《あぜん》としていたが、やがて必死で作り笑いを浮かべた。

「あは、まゆりちゃんも、奈楽くんを起こしにきたんだ。そっか、先を越されちゃったなー」

「そ、そうだな。俺たちより先に着いたんなら、そりゃ仕方ないさ。はは……」

なんとなくだが、久保島は嫌な予感がしていた。考えないようにしていたのだが、奈楽たちの会話が、その予感を後押しする。

「最近ナラク様の部屋って、鍵がかけにくいんですよね」

「じゃあ、あとで新しい合鍵を作りにいくか」

……まさかとは思うけどさ。

あの二人って、一緒に住んでる？

奈楽とまゆりは見られていることにも気づかず、談笑しながら歩き去った。

なにも言えない。隣の乃愛《のあ》を見ることもできない。久保島は頭が真っ白だった。

「…………」

乃愛は無言で踵《きびす》を返《かえ》すと、奈楽たちとは別方向に歩き出す。

「お、おい、どこ行くんだ嵐渡⁉」

「二人の邪魔をしたら悪いし、違う道から行く」

声色からして、機嫌が悪いのは明らかだった。

「くそっ、なんだよこの展開⁉　全然甘酸《あまず》っぱくないぞ！」

やっぱりまゆりと奈楽は、深い関係なのかもしれない。

久保島は肩を落として、乃愛のあとを追った。

◇　◇　◇

いつしか俺の昼休みは、校舎の屋上で部下たちとメシを食うのが定番になっていた。

今日そこにいるのは、マユリタだけ。イグレシオはなんか用事があるらしい。俺は奴の作ったオムライス弁当を食いながら、ため息をついた。

やっぱり乃愛は、今日もそっけない。無視されているわけじゃないんだけど、話しかけてもなんか反応が悪いんだ。昨夜の一件からまた仲良くなれそうだったのに、本当に乃愛ってよくわからない女だと思う。

「やっぱ俺って、嫌われたままなのかな……」

ぽつりと漏らした。独り言のつもりだったんだけど。

「それはないと思いますよ」

フェンスに背を預けてカフェラテを飲んでいるマユリタが、律儀《りちぎ》に答えてくれた。

「なんの根拠があって、そんなこと言うんだ」

「だって私、知ってますもん。嵐渡乃愛は……」

そこで言葉を止めやがる。意地悪ってわけじゃなくて、なんか考えているみたいだった。

そして唐突に、こんなことを聞いてくる。

「……これ、たとえばの話なんですけど、もし嵐渡乃愛がナラク様を好きって言ったら、どうします?」

「恋人になれるってことか? そんなの胸さわって、魂ズバンに決まってんだろ」

「本当にできるんですか?」

「当たり前だろ。そのために、やっぱこっちの世界に残るって決めたんだから」

フェンスから背を離したマユリタは、俺をじっと見つめて。

「……なんか嘘《うそ》っぽい。やっぱり教えてあげません」

「なにがだ」

「んー、まあ、あれです。私は、もう少しこっちの世界で、ナラク様と一緒にいるのも悪くないかなって思うわけです」

なんのこっちゃ。それ以上聞いても答えてくれそうにないんで、俺は諦めて空を見上げた。

「まあ、一度は嫌いって言われたんだから、簡単に元通りってわけにもいかねーよな……」

マユリタは含み笑いを浮かべた。

「ふふっ、ナラク様って、本当に純粋な人ですよねー」

「さっきから、なんなんだよ。俺にもわかるように言え」

「だって、嫌いって言われただけで、本当に嫌われたと思ってるみたいですし。そうじゃないときだってあるんです。実際、昨日は嵐渡乃愛を抱いて助けることができたでしょ？　だから嫌われてるわけじゃないんですよ」

　確かにあのときは、自動反撃がなかった。俺も不思議に思っていたんだ。

　マユリタは続ける。

「女の子に『嫌い』って言われても、それは『好き』のときだってあるんです。大切なのは、言葉だけで判断しないこと。言葉と行動を踏まえた、言動で判断するんです」

……マユリタの話は半分も理解できない。嫌いって言いながら好きのときもあるって、意味がわからん。

「たとえばお前は、俺のこと、どう思う？」

「え、ええ？　きゅ、急になんですか」

「いや、深い意味はないんだけどさ」

　マユリタは少し考えたあと、にっこり笑って言った。

「もちろん大っ嫌いですよ。殺したいくらい」

……やっぱりよくわからん。

　そうか、乃愛はよくわからない女だと思ってたけど、あいつが特別なんじゃなくて、女自体がよくわからん生き物なんだ。そりゃ、マユリタの言ってることも謎だよな。こいつ女だし。

あれ、そういや俺、今までマユリタを女だって意識したこと、あったっけ？

「な、ナラク様……お、お助けを……」

屋上のドアが開いて、イグレシオが転がり込んできた。またしても、顔全体が腫れ上がっている。

「ぱ、パチュア様が、よくわからないことを言って、殴ってくるのです。その、私と久保島が相思相愛だとか、なんとか……」

はあ？

「だってあなた、しらばっくれるばかりですもの」

空からパチュアが飛んできた。ここにもよくわからないことを口走る女がひとり。イグレシオと久保島が相思相愛って、一体なんの話だ。

「久保島はあなたになど、ふさわしくありませんわ。乃愛さんに譲りなさい」

「で、ですから、なんのことでしょう……？」

イグレシオが息も絶え絶えに、疑問を呈する。それはそうと。

今こいつ、俺にとっても、聞き捨てならないことを言ったぞ……。

「おい、乃愛に久保島を譲れって、どういうことだ？」

「あらあら、知らなかったんですの？　だったら、教えて差し上げますわ」

パチュアは底意地の悪い笑みを浮かべて、指を突きつけてきた。

「乃愛さんが好きな男は、久保島ですのよ！」

は？

はあああああああああああああ!?

「嘘《うそ》つくんじゃねぇッ！　なんでよりにもよって、俺の友達なんだよ!?」

「ふふん。嘘《うそ》かどうかは、本人に聞いたらいかがですの？　乃愛さんは今朝も久保島と一緒に登校したんですのよ。一応、ナラクさんを家まで迎えに行くという名目でしたが」

俺ん家まで迎えに？　いやいや、二人とも来てねーぞ。

……待てよ。俺は今日もマユリタと一緒にアパートを出たし、もしかしてそれを見られていたとか？　だったら、まさか。

「合鍵のこととか、聞かれたんじゃないですか？」

俺の胸中を読んだみたいに、マユリタが言った。

それだ。それで乃愛と久保島は、きっと俺に気を遣って回れ右をしたんだ。そう考えると、全部繋《つな》がる……どうりで今日も、そっけなかったわけだ……！

「乃愛さんの魂を抜くために、仲良くなって胸をさわろうと画策しているようですが、あの方の心はすでに久保島のもの。もう諦めて、さっさとゼルファリアに帰るといいですわ！」

「あははっ。ですって。本当にそうしますか、ナラク様？」

パチュアとマユリタがなんか言ってたけど、そんなの後回し。俺はすぐにでも乃愛《のあ》の誤解を解くために、校舎内に駆け戻った。


教室を探して、食堂を探して。校内を探し回った末にたどり着いたのは、校舎の中庭。

乃愛はそこのベンチでひとり、スマホをいじっていた。

「うふふ、ＳＳＲの勇者ゲット……思い切って、プレミアムの連ガチャを引いてみた甲斐《かい》があったな……」

ソシャゲとやらをやっているらしい。声をかけようと近づいたところで。

「あっ……」

俺を見た乃愛は、びくっと両肩を震わせて、駆け出そうとする。

「待ってくれ乃愛！」

「………なに？」

足を止めて、振り向いてくれた。これで第一段階はクリア。話を聞く態勢になってくれたんで、俺は矢継ぎ早に続ける。

「その……今朝、俺のアパートまで迎えに来てくれたんだってな」

「うん。でもまゆりちゃんと一緒だったみたいだし、お邪魔かなと思って」

「い、いや、あいつは、たまたま同じアパートの隣室に住んでてさ……」

「へえ、そうなんだ。すごい偶然だね」

「ぐ……！」

「しかも合鍵を用意するような間柄で」

「うぐ……！」

「それで一緒にお鍋とかするんだ？」

「うぐうううううううううううう！」

なんてこった！　これじゃ、昨日と同じパターンじゃねーか！

「ち、違うんだって！」

そしてやっぱり俺は、なにが違うのかわからないわけで。

「だからなんでいつも、変に言い訳しようとするの⁉　奈楽くんのちり紙！」

乃愛はいつものセリフを吐いて、また逃げ出すんだよな。

こうやって俺たちの距離は、縮まりそうで、なかなか縮まらな――――あれ？

乃愛は、まだそこに立っていた。そしてにっこり笑って言う。

「私も奈楽くんの部屋で、お鍋したいな」

「え？」

「まゆりちゃんも、パチュアさんも、みんな呼んでさ。どうかな」

「それはまあ……いいけど」

なんでいつもみたいに逃げなくて、急に鍋がしたいなんて言ってきたんだ？　あれか、マユリタへの対抗心とか？　いやいや、対抗心を燃やす意味がわかんねーし。

やっぱり俺に、女心はよくわからなくて。


「えへへ、約束だよ」

左手の小指を差し出す乃愛。おずおずと自分の小指を絡《から》ませても、自動反撃はなく。

その笑顔は、不覚にも。どこか少しだけ、かわいいと思ってしまう自分がいて。


「あ、そうだ」

ついでに俺は聞いておくことにする。

「その……乃愛ってさ。久保島のこと、好きなのか……？」

「え？」

きょとんとしたあと、乃愛はゆっくりとした口調で、こう言うのだった。

「……さあ、どうかな？」

「な、なんだよそれ⁉　やっぱりそうなのか⁉」

「ふふっ」

いつも俺を見事に惑わし、ときに容赦なく精神ダメージを与えてくる乃愛は、やっぱり俺の永遠の敵――――勇者なわけで。

つまりこれは、じつにのんびりと見えるけど。一見すごく平和に見えるけど。

それでも間違いなく。魔王軍と勇者の、超真面目で、ときに超苛烈な。

戦いの物語なのだった。

✿エピローグ2♥

「嵐渡乃愛の日記」

五月十二日（土曜日）晴れ

奈楽《ならく》くんの家でやったお鍋パーティ、すごく楽しかった！

参加メンバーは、私と奈楽くんでしょ。それから、まゆりちゃん、パチュアさん、久保島《くぼじま》くん、あとなぜか伊具《いぐ》先生も。

パチュアさんはなんか妙に、私と久保島くんをくっつけようとしてくるの。その理由はよくわかんないけど、さすがに気を遣うよ～。だってパチュアさんって、久保島くんが好きなんだよね？　久保島くんと両想《りょうおも》いの伊具先生だってそこにいたし、なんだか気まずかったよ。

あ、でも、私と久保島くんが仲良くしてると、奈楽くんがちょっとだけ不機嫌になった。それはちょっと嬉《うれ》しかったな……なんか、やきもち焼かれてるみたいで。

って、そんなわけないよね！　なんで奈楽くんが私にやきもち焼くんだっての！　はわわわわわ！　恥ず恥ず恥ず！　はずはずはず！　勘違い女の私って、やっぱり、ちり紙だ！

そうそう、まゆりちゃんともたくさん話せたよ。たぶんまゆりちゃんは、奈楽くんが好きなんだと思う。つんけんした態度をとってたけど、私にはわかるもん。奈楽くんの気持ちはどうなのかな……。

みんな、いろんな想《おも》いが交錯するお鍋パーティだったと思うけど、もともとぼっちだった私には本当に楽しすぎた。文字通り、RPGのパーティー感？　だから、つい言っちゃったの。

このメンバーで異世界に行って、魔王軍と戦えたら楽しいだろうなって。

なぜか奈楽くん、ぎょっとしてた。魔王様に剣を向けるなら俺が相手だ、とか言って。

勇者に似てるようで、やっぱりどこか違う人。それでもやっぱり。

私は奈楽くんが大好きなのでした。

なんか最近の日記って、恋愛の話ばっかりだね。昔は毎日が代わり映えしなさすぎて、なにも書くことがなかったのに。

すべては奈楽くんに勢いで告白しちゃったあの日から、日常を変える大冒険が始まったの。

だからこれからも、恋の行く末を書いていくと思うこの日記は。

私にとっての、冒険の書ってことになるわけです。まる。

あとがき

こんにちは、真代屋秀晃《ましまやひであき》です。

ラブコメですよ！　タイトルからもわかるとおり、本作には少しファンタジー要素が入ってますけど、これ一応ラブコメなんですよ！

魔王軍の大幹部である主人公ナラクは、近い将来、自分たちの世界に攻めてくる予定の勇者の少女を抹殺するために、現代日本へ飛びます。その抹殺方法とは、彼女の胸をさわること。さわるためには、次期勇者の少女と仲良くならなければならない……っていうのが大筋なんですけど、いかがだったでしょうか。楽しんでいただけましたか？

今回は本編の性質上、煩悩を全開にするために、えっちな本を読むことも封印して書いたんですよ。まあ、それはいつものことなんですけど（本当か？）、執筆中は僕が大好きなゲームも封印すると決めていたんです。

僕は電撃プレイステーションでゲームに関するコラムを連載させてもらっているんですけど、本編の執筆中に「ゲームがやりたくてたまらない」みたいなことを雑誌にしつこく書いていたら、見かねた担当氏から「別にやってもいいけどさ……」なんて言われまして。

それでも一度決めた以上、やるわけにはいきません。だから代わりに、作中で登場人物たちにゲームをやらせました。あの章にはそんな想いが込められていたんですねー。

そんなこんなで本作は、ラブコメしつつ、ファンタジーしつつ、ゲームをしつつな内容となっております。あとがきを立ち読みしている方は、いますぐレジへ……あ、棚に戻さないで！　今回もちょっぴり熱い展開があり……ますから！

ではここで、いつもの謝辞を。

担当編集者の平井《ひらい》様、阿南《あなん》様。毎度ながら愚かな僕を叱咤激励してくださり、本当にありがとうございます。お二人がいなければ、ポンコツのゲーム廃人になっていたこと間違いなしです。またお酒をごちそうしてください。

そしてイラストのタジマ粒子《りゅうし》様。本文を細かいところまで読んでくださり、それを素敵なイラストに反映してくださって、本当に感謝感謝です。じつは乃愛の口癖の「ちり紙」うんぬんについて、自分で書いておきながら最初は「わけわかんなくね？」って思ってたんです。でも乃愛の初期ラフを見て、「やっぱかわいい」と思い直しました。ラフの隅に先生の直筆で「チリ紙だ……」と書かれていたから、そう思えたんです。それだけ素敵すぎるイラストでした！

そしてなにより、本作を手に取っていただいた読者の皆様方に最大の感謝を。

ではでは、またお会いできることを祈って。最後までお付き合いくださり、ありがとうございました！

……とか言いながら、まだ続くんですよねこれが。

この「2ページに見せかけたあとがきが、じつは4ページあるネタ」は前作、大阪日本橋の群像劇でもやったんですけど、電子版を見て仰天しましたよ。紙書籍と違って電子版は、文章が地続きになっているんですね。だからめっちゃ寒いことになってます。もし電子版で読まれている方は、「あ、ここでページ変わったんだな」と察してください。

さて、ページが余っているので、制作裏話的なことを書きますね。

じつは最初に切った本作のプロットって、ラブコメじゃなかったんですよ。大筋も今とずいぶん違いまして。打ち合わせの途中で担当氏から「いっそ、ラブコメでいこうぜ？」と言われたことが、すべてのきっかけでした。

その後、ラブ路線に調整するにあたっての注意点が文面で送られてきたんですけど……まあ怖かったですよ。過去作を読んでいただいた方ならおわかりかもしれませんが、僕の書くキャラってアクが強いんですよね。そのあたりについて、みっちり釘を刺されたわけです。

「いいな、やりすぎるなよ？　マジで気をつけろよ？」

的な感じで。

もちろん気をつけながら、改めてキャラを作り直したんですけど……まあ結果は、みなさんのご判断にお任せし……青春パワ――――――ッ！

誰か出てきましたけど、気にしないでおきましょう。ちなみに作中に出てくる〝鉄アレイ〟についても揉めました。「んんー？　なんかマシロヤの悪いとこが出てないかぁ？」みたいに。それでも許していただいた担当氏は本当に優しい方です。感謝感激ですね。担当氏がいなければ、一体どうなっていたことか。

僕は小心者なので、じつは相手の笑顔の裏はブチ切れてるんじゃないかな、なんてビビったりしちゃいます。そこで生まれたのが乃愛の自動反撃です。反撃があれば苦手意識をもたれている、なければ大丈夫。拒絶の気持ちが明確に見えたら、人間関係もラクですもんね。

でも現実はそうじゃない。相手の言動で気持ちを推し量らなければならない。そんなことを考えながら書いたんですけど、まあ難しいことはどうでもいいんです。おバカな面々が織りなすラブコメ軸の物語を楽しんでいただければ、これに勝る喜びはありません。

少しでもみなさんの心に残る一冊になっていたらいいな、と思いつつ。今後も応援していただければ泣いて喜びますけど、なんて願いつつ。

ではでは、今度こそ最後までお読みくださって、本当にありがとうございました！

現在、部屋に流れている曲……無線LANばり便利　～by『ヤバイTシャツ屋さん』～

三月二十九日　真代屋秀晃

◉真代屋秀晃著作リスト

「韻が織り成す召喚魔法　―バスタ・リリッカーズ―」（電撃文庫）
「韻が織り成す召喚魔法2　―クレイジー・マネー・ウォーズ―」（同）
「韻が織り成す召喚魔法3　―ライク・ア・ダイアモンド―」（同）
「レベル1落第英雄の異世界攻略」（同）
「レベル1落第英雄の異世界攻略Ⅱ」（同）
「レベル1落第英雄の異世界攻略Ⅲ」（同）
「転職アサシンさん、闇ギルドへようこそ！」（同）
「転職アサシンさん、闇ギルドへようこそ！2」（同）
「転職アサシンさん、闇ギルドへようこそ！3」（同）
「誰でもなれる！ラノベ主人公　～オマエそれ大阪でも同じこと言えんの？～」（同）
「まさか勇者が可愛すぎて倒せないっていうんですか？」（同）

本書に対するご意見、ご感想をお寄せください。

電撃文庫公式ホームページ 読者アンケートフォーム
http://dengekibunko.jp/
※メニューの「読者アンケート」よりお進みください。

ファンレターあて先
〒102-8584　東京都千代田区富士見1-8-19
電撃文庫編集部
「真代屋秀晃先生」係
「タジマ粒子先生」係

本書は書き下ろしです。

電撃文庫

まさか勇者《ゆうしゃ》が可愛《かわい》すぎて倒《たお》せないっていうんですか？

真代屋秀晃《ましろやひであき》

2018年5月10日　初版発行

発行者　郡司 聡
発行　株式会社KADOKAWA
〒102-8177　東京都千代田区富士見2-13-3
0570-06-4008（ナビダイヤル）
装丁者　荻窪裕司（META＋MANIERA）
印刷　旭印刷株式会社
製本　旭印刷株式会社

ISBN978-4-04-893855-6　C0193　Printed in Japan

電撃文庫　http://dengekibunko.jp/

電撃文庫創刊に際して

文庫は、我が国にとどまらず、世界の書籍の流れのなかで〝小さな巨人〟としての地位を築いてきた。古今東西の名著を、廉価で手に入りやすい形で提供してきたからこそ、人は文庫を自分の師として、また青春の想い出として、語りついできたのである。

その源を、文化的にはドイツのレクラム文庫に求めるにせよ、規模の上でイギリスのペンギンブックスに求めるにせよ、いま文庫は知識人の層の多様化に従って、ますますその意義を大きくしていると言ってよい。

文庫出版の意味するものは、激動の現代のみならず将来にわたって、大きくなることはあっても、小さくなることはないだろう。

「電撃文庫」は、そのように多様化した対象に応え、歴史に耐えうる作品を収録するのはもちろん、新しい世紀を迎えるにあたって、既成の枠をこえる新鮮で強烈なアイ・オープナーたりたい。

その特異さ故に、この存在は、かつて文庫がはじめて出版世界に登場したときと、同じ戸惑いを読書人に与えるかもしれない。

しかし、〈Changing Times,Changing Publishing〉時代は変わって、出版も変わる。時を重ねるなかで、精神の糧として、心の一隅を占めるものとして、次なる文化の担い手の若者たちに確かな評価を得られると信じて、ここに「電撃文庫」を出版する。

1993年6月10日
角川歴彦

電撃文庫DIGEST　5月の新刊

発売日2018年5月10日

ソードアート・オンライン プログレッシブ6

【著】川原 礫　【イラスト】abec

黒エルフの騎士・キズメルと再会したキリトが次に挑むのは、第三層から続く《秘鍵》回収クエスト。βテストの知識が通用しない、驚愕の展開がキリトたちを襲う——!

86—エイティシックス—Ep.4 —アンダー・プレッシャー—

【著】安里アサト【イラスト】しらび【メカニックデザイン】I-IV

運命の再会後、何かにつけて「二人の世界」を作り出すシンとレーナに、クレナ&フレデリカのイライラと、ライデンほかの気苦労は積もるばかり。そんな折、レーナを作戦指令とする新部隊に、初任務が下るが——?

最強をこじらせたレベルカンストの剣聖女ベアトリーチェの弱点⑥ その名は「ぶーぶー」

【著】鎌池和馬　【イラスト】真早

【イベリコオーク】達を蝕む『朱』の災厄に対抗するため、天空領域のさらに先、太陽に待つ【大天使】を目指すベアトリーチェ達。最強達が命を賭した戦いの行方は——。

1パーセントの教室2

【著】松村涼哉　【イラスト】竹岡美穂

破滅の運命にあった雨ケ崎は、死神な美少女・日比野の力を借りて不幸を回避。だが、仮初の平和を打ち破るように、演劇部全焼事件に巻き込まれていく——。『ただ、それだけでよかったんです』著者、待望の新シリーズ。

処刑タロット2

【著】土橋真二郎　【イラスト】植田 亮

前回のサドンデス敗北の責任を取らされ制裁を受ける山岸美玖を救うべく、鳴海たちは生徒会の用意した仮想と現実の交錯する危険なゲームへの参加を決意する。

叛逆せよ! 英雄、転じて邪神騎士2

【著】杉原智則　【イラスト】魔太郎

荒廃する邪神王国をつい手助けしてしまった英雄ギュネイ。次の一手を模索するなか、国の荒廃の元凶である大司教の娘ロゥラを旗頭とする一団が決起して!?

新作 悪魔の孤独と水銀糖の少女

【著】紅玉いづき　【イラスト】赤岸K

「あなたを愛するために、ここまで来たんだもの」美しい少女は、悪魔を背負う男と出会う。呪われた孤独の島で、命をかけた最後の恋は、滅びの運命に抗うことが出来るのか。

新作 三角の距離は限りないゼロ

【著】岬 鷺宮　【イラスト】Hiten

どうして、偽りの「自分」を演じてしまうのか。そう悩む僕が出会ったのは、一人の中にいる二人の少女「秋玻」と「春珂」。僕と「彼女たち」の不思議な三角関係、その距離は限りなくゼロに近づいていく——。

新作 まさか勇者が可愛すぎて倒せないっていうんですか?

【著】真代屋秀晃　【イラスト】タジマ粒子

現代日本に乗り込んだ魔王軍六神将ナラクは、抹殺対象の勇者候補・乃愛になぜか告白されてしまった!　呆れる魔王軍の面々もいつの間にか勘違いの渦に巻き込まれ、恋愛は五角関係に発展ってマジですか!?

新作 異世界JK町おこし ~このことについて、魔族に依頼してよろしいか伺います~

【著】くさかべかさく　【イラスト】sune

お金ないなら魔王呼んで観光資源にすればいいじゃん。JK勇者のナツの一言から、魔王誘致に奔走することになった公務員の俺。魔王城で交渉とか、これ死んじゃうやつじゃん!

新作 最高の二次元嫁とつきあう方法

【著】芦屋六月　【イラスト】竹花ノート

二次元が好きと言いつつ三次元の彼女がいたり、「〇〇は俺の嫁!」と言いながらシーズンごとに嫁が替わるような雑魚とは違う。俺は本気で二次元を愛しているんだ!

新作 スカートのなかのひみつ。

【著】宮入裕昂　【イラスト】焦茶

男の娘も、女の子も、そこにはひみつを隠している——。女装アイドル、ラインカーの少女、時価八千万円のタイヤ……??　愛と希望はためく疾風青春グラフィティ!

第24回
電撃小説大賞
金賞
受賞
いつだって、この出会いは必然だった——。
「ねえ、由くん。わたしはあなたが——」
初めて聞いたその声に足を止める。
なぜだか僕のことを知っている
不思議な少女・椎名由希は、
いつもそんな風に声をかけてきた。
Hello, Hello and Hello
笑って、泣いて、怒って、手を繋いで。
僕たちは何度も、消えていく思い出を、
どこにも存在しない約束を重ねていく。
だから、僕は何も知らなかったんだ。
由希が浮かべた笑顔の価値も、
零した涙の意味も。
たくさんの「初めまして」に込められた、
たった一つの想いすら。
葉月 文
イラスト／ぶーた

電撃文庫

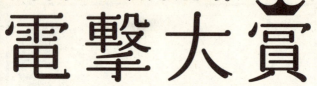